천천히 서둘러라

샘터와 함께하는 여름, 가을, 겨울 그리고 봄 두 번째 이야기

천천히
서둘러라

김재순 지음

샘터

3...

문 제 를
내 는
삶

4...

꽃 을

보 려 거 든

술 을

마 시 려 거 든

1...

어른들의
학문

문학에는 여정이, 음악에는 여운이,
그림에는 여백이 있어야 아름다워지듯
인생도 여생이 중요합니다.

노
주

소흥주(紹興酒)라는 중국 술이 있다. 가장 역사가 오래된 술로서 중국을 대표하는 술 중 하나다. 소흥 지방에서는 딸이 태어나면 술을 빚어 두었다가 시집갈 때 예물로 보내는 풍습이 있다고 한다.

이처럼 오랫동안 숙성시켜서일까. 술을 마시면 금세 얼굴이 달아오르지 않는다. 혀에 살며시 붙어 은은히 맛이 퍼지면서 서서히 취기가 돈다. 그리고 잔을 놓을 때쯤에는 따뜻한 뒷맛에 술이 깨는 참으로 명주(名酒)이며, 노주(老酒)다.

'노(老)'란 말 그대로 늙음을 뜻하지만, 거기에는 인생의 희

로애락을 모두 체험한 노련미(老鍊味)와 함께 참 인간의 맛이 풍긴다는 뜻까지 함축돼 있다. 연장자나 동년배의 친구들에게 노형(老兄)이라 부르는 것도 나이 듦이 주는 기풍을 대변하는 것이다.

특히 노대인(老大人)이란, 자신의 감정을 쉽게 드러내지 않을 뿐만 아니라 좀처럼 실언(失言)을 하지 않고 허례허식이 없는 큰 어른을 부르는 말이다. "술을 마시려면 노대인과 마셔라. 이는 십 년 동안 책을 읽는 것보다 낫다"는 말도 참 인생의 중요성을 강조하는 것이다.

독일 태생의 시인인 사무엘 울만(Samuel Ullman)은 아이러니하게도 78세의 나이에 〈청춘〉이라는 시를 썼다. 팔순을 바라보는 노시인(老詩人)의 시 속에는 세상을 보는 참 지혜가 담겨 있으며, 참 인생이 스며 있다.

나이를 먹었다고 사람은 늙지 않는다.

이상을 잃을 때 비로소 늙는다.

(……)

스무 살 나이에도 사람은 늙는다.

머리를 높이 쳐들고 희망의 물결 위에 올라 있는 한

여든 살이 되더라도

사람은 청춘으로 지낼 수 있다.

    소흥주, 아니 노주는 울만에게 영원히 취하지 않는 청주(靑酒)였던 것이다.

(2008. 7)

당신이
살고 있는
마을은
어떻습니까

한 마을에 장로(長老)가 있었습니다.

어느 날, 한 젊은이가 와서 이분한테 물었습니다.

"이 마을에 살고 있는 사람들은 어떤 사람들입니까?"

"자네가 살고 있는 그 마을 사람들은 어떤 사람들인가?"

"말도 마십시오. 우리 마을 사람들은 자기 욕심에만 눈을 밝힐 뿐 양보할 줄도 모르고 도덕이 서 있지 못합니다."

그러자 이 장로 또한 이렇게 대답하는 것이었습니다.

"우리 마을 사람들도 그렇다네."

얼마 후에 다른 젊은이가 이분한테 와서 물었습니다.

"이곳 사람들은 어떤 사람들입니까?"

"자네가 살고 있는 그곳 마을 사람들은 어떤 사람들인가?"

"아름다운 사람들이죠. 어린이들을 사랑하고 인정이 넘치며 들꽃 하나도 함부로 대하지 않습니다."

"우리 마을 사람들도 그렇다네."

그 젊은이가 돌아가자 곁에 있던 제자가 물었습니다.

"두 젊은이의 마을 환경은 각각 다른 것이었는데 왜 우리 마을과 같다고 대답하셨습니까?"

그러자 장로가 빙그레 웃으며 이렇게 말하였다 합니다.

"어느 마을이고 좋은 사람도 있고 나쁜 사람도 있게 마련이지. 그런데 한쪽을 강조하는 것은 그 사람의 성향이라네."

우리는 어떻습니까? 자기 공동체의 환경이 그렇게 된 데에는 자기에게도 책임이 있다는 것을 알아야겠습니다.

(1992. 3)

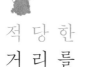

적 당 한
거 리 를
유 지 할   때

1940년대 후반, 학창시절 친구들 사이에 있었던 재미있는 일화 한 토막이 생각난다. 이십 대 초반의 일이니만큼, 화제의 주인공은 한 여성이었다. 저 멀리서 걸어가는 모습을 보고 '아! 저렇게 스타일이 멋진 여성은 누구일까' 하며 정신없이 뒤를 쫓았다. 가까이서 보니, 아뿔싸! 그녀는 결코 미인이 아니었다. 그런데 알고 보니 그녀는 당대의 이름 있는, 그리고 존경받던 한 정계 거물의 딸이었다. 그렇게 세 번 놀랐다고 해서 우리는 그녀를 '삼경미인(三驚美人)'이라 불렀다.

멀리서 보면 모두가 아름다워 보인다는 것을 일찍이 체험

한 셈이다. 이는 여성에게만 해당되는 것은 아니리라. 스코틀
랜드의 시인 토머스 캠벨(Thomas Campbell, 1777~1844)의 시
에는 다음과 같은 구절이 있다.

멀리서 바라보아야
황홀한 풍경이 만들어지고
푸른빛이 도는 산이 보인다.

명산일수록 멀리서 바라보는 모습이 장려(壯麗)하다. 등산
길에서 보는 산은 바위와 돌밭뿐이다. 이런 산길에 환멸을
느끼는 이도 적지 않으리라. 그러나 산을 오르는 사람은 산
꼭대기에서 맛보는 경치의 아름다움을 동경한다. 정상에
올라서면 펼쳐지는 광활한 풍광, 하늘, 구름의 모양새 - 이러
한 황홀경은 멀리 떨어져서 보아야 얻을 수 있는 하늘의 선
물이다.

'너무 가까우면 존경심도 물러간다(Respect is greater from
a distance)'는 격언도 있다. 사람이건 물건이건 적당한 거리
를 유지하는 것이 좋은 관계를 유지하는 비결이라는 것이다.

이는 연애나 우정에만 해당하는 얘기는 아닐 것이다.

지나치게 가까워지면 시간이 갈수록 상대방의 좋은 면보다 그렇지 않은 면이 더 눈에 띄게 되어 관계가 소원해지기 쉽다. '시종 앞에 영웅 없다'고 하지 않던가. 적당한 거리에서 존경과 사랑을 유지하기 위해서는 나름의 노력과 경험이 필요하다.

인간관계가 좋은 사람이란 상대의 인품에 맞추어서 심리적 거리를 잘 조절하는 사람이 아닐까. 인생길을 별 사고 없이 주행하려면 적당한 '차간 거리'가 필요하다. 인생을 아름답게 만들기 위해서는 되도록 먼 곳을 바라보며 살아가는 것이 지혜일 것이다.

(2007. 10)

동 물 과 의
교 감

나는 어렸을 때 동네에서 조그만 땅개에게 물린 적이 있
다. 그 일이 있은 후 오랫동안 개를 무서워했다. 나만 보면
유달리 개들이 더 짖어 댔고, 나를 물 것만 같아 개를 가능
한 한 멀리했다. 그러다 나이 마흔이 훨씬 넘어서야 그 트라
우마(trauma)에서 벗어날 수 있었다. 그 계기를 만들어 준 것
이 바로 법정(法頂) 스님과의 만남이다.

법정 스님이 젊은 시절 연일 참선에 몰두하던 때의 일이
다. 쥐 한 마리가 늘 같은 시각에 찾아와 뚫어지게 스님을 쳐
다보곤 했단다. 어느 날 참선을 마치고 일어나며 스님은 쥐

19

에게 말했다.

"이 녀석아, 너는 어쩌면 그리도 못생겼니. 다음에 태어날 때에는 보기 좋게 예쁜 모습으로 태어나거라."

그다음 날 스님은 참선하던 자리에 죽어 있는 쥐 한 마리를 보았다고 한다. 스님과 쥐가 교감(交感)한 것이다.

《이솝 이야기》에도 동물이 화자가 되어 '○○가 말을 하고 있을 때'라는 대목이 자주 등장한다. 신화의 세계에서는 사람과 동물이 대화를 하는 일이 보통이었다. 어쩌면 문명(文明) 이전의 세계에서는 인간과 동물 사이에 경계가 없었는지도 모른다.

본시 사람은 자연과 공존하며 평화롭게 살았으리라. 그래서 선주민족(先住民族)의 생활에서 자연 친화적이고 정신적인 풍요로움을 중시하는 문화를 엿볼 수 있는 게 아닐까. 고대 그리스의 대표적인 철학자인 소크라테스가 독을 마시고 죽기 전에 읽은 것이《이솝 이야기》였다는 것은 시사하는 바가 크다.

개가 무서워 멀리했던 내가 개와 친해진 지도 근 40년이 되었다. 지금 나는 어떤 개도 무섭지 않다. '맹견주의(猛犬注

意)' 꼬리표가 붙어 있는 개와도 곧 친해질 수 있다. 사람이든 동물이든 일정한 거리 이내로 접근하면 경계심을 느끼고 긴장하게 마련이다. 그러나 상대가 호의를 가지고 자신을 이해해 줄 때 느끼는 기쁨 또한 크다.

사람의 뇌는 자신에게 없는 것을 가진 타인, 미지(未知)의 세계와 접촉할 때 큰 기쁨을 느낀다는 과학자의 말도 있다. 그래서 좀처럼 관심을 보이지 않던 상대일수록 나에게 호감을 보일 때 더 큰 기쁨, 아마도 연애 감정과 같은 것을 느끼게 되는 것이 아닐까.

연일 세계 도처에서 전쟁과 범죄의 소식이 끊이지 않는다. 그러한 오늘을 살고 있는 우리이기에, 문명 이전, 즉 신화 시대의 기억을 되새겨 볼 필요가 있는 것이다.

(2007. 6)

::

대구의 한 초등학교는 생명 프로젝트의 일환으로 교내에서 아이들에게 직접 염소, 토끼, 오리, 수탉, 메추리 등의 동물을 기르게 했다고 합니다. 그 효과는 놀라웠습니다. 아이들이 동물과 교감한 이후 지금까지 난 한 건도 학교 폭력이 생기지 않았다고 합니다. 생명의 소중함을 마음속 깊이 인식하면서 다른 생명도 자신처럼 소중히 여겨야 한다는 것을 스스로 깨닫게 된 것이지요.

카 리
스 마

어떤 사람에게는 초인적이고 신비한 능력이 있을 것이라고 믿는 이들이 있다. 초능력까지는 아니어도 탁월한 능력을 가진 사람이 이 세상에는 분명 있을 것이니, 그런 사람을 의지해서 살아가려고 생각하는 이 역시 있을 것이다.

지도자가 뛰어난 인물이거나 그에게 인간적인 매력이 있어서 하는 일이 성공적으로 전개될 때, 주변에서는 그 카리스마(Charisma)를 추종하는 분위기가 생기기 쉽다. 본래 카리스마는 '신의 선물'이라는 뜻이다. '보통의 인간과는 다른 초자연적·초인간적 재능이나 힘'이라는 뜻으로 이 말을 처음 사용한 사람은 독일의 사회학자 막스 베버(Max Weber, 1864~1920)였다. 그는 지배와 지도의 유형을 다음과 같이 정리한 바 있다. '합리적 지배, 전통적 지배, 카리스마적 지배.'

카리스마를 찾는 심리는 질서를 바라는 데서 생긴다는 것이 정설이다. 이러한 욕구는 위기 상황에서 한층 격심해진다. 사회적 위기가 발생하면 일반 대중들은 곤경에 빠지게 되고, 그 결과 리더(leader)에게 시선을 보낸다. 리더에게는 이 위기를 극복할 카리스마가 있으리라 생각하기 때문이다.

그렇다면 카리스마는 어디에서 오는 것인가. 그 원천은 리더에게 있는가, 아니면 추종자(follower)들에게 있는가, 또는 상황에 있는가? 이 세 가지 모두에 있다고 본다.

카리스마 강한 리더가 추종자들에게 표출하는 힘, 그 폭발적인 에너지가 역사의 수레바퀴를 움직인 때도 있었다. 그러나 그것이 반드시 좋은 결과만을 가져온다고 단언할 수 없다. 오히려 심각한 화근을 남길 수도 있다는 것을 역사는 가르치고 있다.

카리스마에는 정(正)과 부(負), 플러스와 마이너스가 있다. 힘에 겨운 엄청난 일을 벌여 놓고는 권력을 넘겨주려 하지 않고, 추종자들이 승계할 수 있는 조직도 만들어 놓지 않고, 후계자에게 아무런 계획도 물려주지 못하는 카리스마는 '부' 카리스마이다.

이와는 달리 마하트마 간디(Mahatma Gandhi, 1869~1948)나 마틴 루서 킹 목사(Martin Luther King, 1929~1968), 넬슨 만델라(Nelson Mandela, 1918~)와 같은 인물들이 보여 준 '정' 카리스마가 있다. 이들은 추종자들에게 끊임없이 에너지를 불어넣어 준다. 만약 이러한 '정'의 카리스마가 없었더라면 세계는 얼마나 불행한 상태가 되었을까.

나는 과연 주변에 플러스 기운을 퍼뜨리는 사람인지, 마이너스 기운을 퍼뜨리는 사람인지 한 번쯤 돌아보는 시간을 가져 보는 것도 좋으리라.

(2009. 12)

::
진정으로 강한 사람은 열정적이면서도 온화해야 합니다. 또한 이상주의자이면서 현실주의자여야 합니다. _마틴 루서 킹

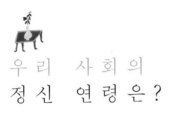

정 신 연 령 은 ?

교육의 황폐만큼 많은 사람들이 걱정하는 문제도 없을 것입니다. 교육에 관해서만큼은 저마다 한 사람씩 대처 방법을 말하지 않는 이가 없을 정도입니다. 그런데 잊어서는 안 될 것은 교육을 받는 어린이들이나 젊은 세대만의 문제가 아니라는 점입니다. 교육을 담당하고 있는 세대, 즉 어른들에게 문제가 더 많다는 것이지요. 교육의 황폐화는 가정, 학교, 사회 전체의 황폐화로 이어집니다. 그러므로 교육의 근본부터 다시 생각할 필요가 있습니다.

제2차 세계대전이 끝나고 미군이 일본에 진주(進駐)했을 때 더글러스 맥아더(Douglas MacArthur, 1880~1964) 장군은 일본 사람들의 정신 연령을 열두 살이라고 평가한 바 있습니다. "철학(哲學)을 잊어버리고, 윤리(倫理)를 등한히 여기며 미학(美學)을 멀리한 사회"라고 말했습니다. 그러한 맥아더 장군이 지금껏 생존해 있다면 우리 한국 사회는 몇 살이라고 평했을까요.

당시 태평양전쟁에서 승리한 미국에서는 혹시나 전승국이라는 오만 때문에 사회의 기강아 풀어지고 흐트러지지 않을까 걱정하는 식자(識者)들이 많았습니다. 그때 출판된 것이 《그레이트 북(The Great Book)》이었지요. 플라톤, 공자, 아우구스티누스, 단테, 데카르트, 괴테 등의 고전을 읽는 독서회가 여기저기서 생겨났습니다. 학자, 관료, 경제인 등이 함께 합숙하면서 겸허하게 배우고 대화하며 수련하는 일이 유행처럼 퍼져 나갔지요. 지금까지도 유명한 아스펜 연구소는 그때의 산물입니다.

무릇 고전이란 탁월한 내용을 담고 있어 인성과 지성을 높이고 감성을 깊게 하며 의지를 굳건히 하는 책이 아니겠습니까. 교육의 원점에서 생각할 때, 위대한 고전을 읽고 배우고 씨름하면서 자신의 정신 수준을 높이고 내면을 성숙시키려는, 그래서 보다 인간적인 사람이 되고자 하는 그러한 분위기가 우리 사회의 구석구석에서 자발적으로 생겨나야 하지 않을까요.

겸허한 태도와 열린 마음으로 고전을 읽으며 인류의 스승에게 전수받는 그 행복한 시간을 지금 우리 사회의 어른들은 잊고 있는 것은 아닌지요. 지금 우리 사회의 정신 연령은 몇 살이나 될까요.

(2000. 7)

::

재정난으로 폐쇄된 대학을 록펠러가 인수해 새로 문을 연 시카고 대학. 하지만 개교한 지 30년이 다 되도록 삼류 대학을 벗어나지 못했습니다. 그러다 1929년 취임한 로버트 허친스 총장이 모티머 애들러 교수의 도움을 받아 〈The Great Book〉 프로그램을 실시한 이래, 노벨상 수상자를 84명이나 배출한 세계적 명문으로 도약하게 됩니다. 다음은 허친스가 고전 목록과 함께 학생들에게 내준 세 가지 과제입니다.

1. 롤 모델로 삼을 책을 정하라.

2. 영원불변한, 인생의 모토가 될 수 있는 가치를 발견하라.

3. 발견한 가치에 대하여 꿈과 비전을 가져라.

답은
하나가
아니다

융통성이 없는 친구, 무엇이든 외곬으로만 생각하는 사람을 벽창호라고 하고, 고집쟁이라며 놀려 댔던 기억이 난다. 나이를 먹어 갈수록 두뇌가 굳어지는 것일까. 그래서 늙은이의 고집이 생기는 것일까. 이제부터의 세상은 아이디어와 감성(感性)의 시대라고 하는데, 이런 때일수록 머리가 굳어지지 않도록 유연성을 유지하려는 노력이 필요하다.

우리는 생각하는 방법을 어디서 배웠을까. 학교에서다. 우리는 대체로 학교 교육을 통해 무엇이 옳고 그른지, 무엇이 적당하고 적당치 않은지를 배운다. 그런데 우리의 교육 제

도는 오직 하나의 정해(正解)만을 가르치는 데 중점을 두고 있다.

실제로 수학 문제는 해답이 하나밖에 존재하지 않는다. 하지만 인생을 살아가면서 부딪히게 되는 문제들이 모두 수학 문제 같을 수는 없다. 인생에는 애매한 것이 너무나 많고 해답도 여러 개일 수 있다. 우리가 사는 사회에는 헤아릴 수 없이 많은 변수(變數)가 존재한다.

정해에 관한 재미있는 일화가 있다. 서로 생각이 다른 두 사람이 결말을 짓지 못하고 재판장에게 중재를 청했다. 먼저 원고가 사정을 설명했다. 그의 웅변은 설득력이 있었다. 그의 말이 끝나자 재판관은 "그래, 그래, 그렇지" 하고 수긍했다. 다음은 피고의 차례. 피고 역시 설득력이 뛰어나 그의 말이 끝나자 재판관이 말했다. "그래, 그렇지, 그렇지." 법정의 서기가 이를 듣고서 "쌍방이 다 옳을 수는 없습니다" 하고 소리쳤다. 서기의 말을 들은 재판관의 대답. "그래, 그렇지, 그렇지."

진실은 수학 문제의 해답처럼 단 하나만이 아니다. 여러 개의 진실이 존재할 수 있다. 시점을 바꾸어 다른 시각에서, 지식과 경험을 총동원하노라면 평범(平凡)을 비범(非凡)으로,

이상(異常)을 정상(正常)으로 변화시킬 수 있을 것이다. 처음으로 생각이 움틀 때 지나치게 명확하다면 상상력이 숨 쉴 수 있는 여지는 없을 것이다. 무릇 발명이란 같은 것을 보고도 어딘가 다른 것을 생각함으로써 얻어지는 것이 아닌가.

효과적인 사고(思考)에는 다양한 관점이 필요하다. 창조적인 정신 상태를 위해서는 유머 감각도 도움이 되리라.

(2009. 7)

선 인 들 의
명 언 을
되 새 기 면 서

스님들은 여름 석 달, 90일간을 하안거(夏安居) 또는 우안거(雨安居)라고 하여 집중적으로 수련한다고 한다. 나는 불자는 아니지만 여름 한철 집에 칩거하며 선인들이 남기신 명언이나 일화 등을 되새기면서 더위를 잊어 보려고 한다.

내 평생의 스승이셨던 장리욱 박사(1895~1983)의 말씀이 떠오른다. "문제 그 자체가 문제가 아니라 어떻게 해결하느냐가 문제다. 문제가 많다고 두려워할 필요가 없다." 철학자 앙리 베르그송(Henri Bergson, 1859~1941)은 "어떤 문제를 제기하느냐가 중요하다. 문제를 잘 내면 그것이 곧 해답이다"

라고 했다.

미국 하원의장을 지낸 바 있는 토머스 오닐(Thomas Philip O'Neill, 1912~1994)은 "모든 정치는 당신이 사는 지역에서 시작된다. 시민들은 천하대세가 아니라 지역적인 문제를 생각한다"라고 했다. 이즈음 우리네 미국산 소고기 파동을 보면 그의 말이 실감이 난다.

마키아벨리(Machiavelli, 1469~1527)는 "지도자는 두려운 존재는 못 되더라도 적어도 존경의 대상이 되어야 한다. 국민에게 사랑받기에만 전념하다 보면 국민으로부터 경멸받는 정권으로 전락하기 쉽다"라고 했다.

철학자 니체(Nietzsche, 1844~1900)는 "세론(世論)에 신경 쓰면서 살아가는 사람은 모두 자신의 눈을 가리고, 귀를 막고 사는 사람이다. 중요한 것은 '남이 자기를 어떻게 생각하는가'가 아니라 '자기가 남을 어떻게 생각하는가'이다. 사람이 살아가는 데 평판에 신경을 쓰는 생활만큼 쓸쓸한 것은 없다. 논쟁의 상대 또한 가장 교만한 자를 택하라"라고 했다.

기독교도와 이슬람교도가 극렬하게 대립하고 있는 것은 일면 진실이고, 일면 그렇지가 않다. 종교가 다르다는 이유로

출입국에 차별을 두지 않으며, 양자 간에 결혼도 많이 한다. '신(神)을 믿는 사람은(어떤 신이든지 간에) 거짓말을 하지 않는다'라는 믿음이 있기 때문이리라. '종교 없음'이라고 쓰면 '하느님도 믿지 않는 사람이면 무슨 일을 할지도 모른다'라고 보는 것이다.

명언이나 일화는 생명과 서로 어울려서 시대를 이어 간다. 우리에게 이보다 더 좋은 보약이 어디 있으랴.

(2008. 8)

예절을 생각해 보다

인생에서 가장 소중한 것이 무엇일까. 이십 대 전후의 젊은이들이 자문자답(自問自答)하는 주요한 테마이리라. 보다 인간적이고 보다 굳세고 선량한 사람이 되기 위해 갖춰야 할 덕목은 무엇일까.

먼저 예절(禮節)을 생각해 본다. 덕행(德行)은 올바른 예절에서 시작한다고 했다. 어린아이를 키우는 데 있어 애정만으로는 충분치 않다. 좋은 말, 좋은 버릇을 익히게 해야 한다. 올바르게 행동할 수 있는 능력을 키우기 위해서다. 이것은 오랜 역사를 거치며 인간의 몸에 밴 기질이기도 하다. 이처럼 예절을 키워 가는 것, 이것은 최초의 덕(德)이자 모든 덕의 근원이리라.

그런데 "예절은 표현의 체조(體操)에 지나지 않는다"라고 한 철학자도 있다. 예의 바른 나치스 당원이 있다고, 나치즘이 달라지는가. 그것은 오직 표면상의 덕이며, 에티켓에 불과하다. 예의의 거죽을 쓴 기교에 불과한 것이다. 중요한 것은 마음씨와 정신이리라.

한편 타인이 당황할 정도로 예의가 바르고 깍듯한 사람도 있다. 이러한 경우는 예의가 지나친 나머지 솔직하지 못해 오히려 상대를 불편하게 만들기도 한다.

젊은 시절, 특히 사춘기 때에는 예의 바른 행동을 경시하기 쉽다. 사랑과 진리만을 소중히 여기는 탓일까. 버르장머리 없는 행태조차 남녀 간에는 멋지고 예쁘게 보이니……. 이들도 어른이 되어 가면서 보다 마음이 커지고 넓어지고 깊어지리라.

프랑스의 철학자 앙드레 콩트 스퐁빌(Andre Comte-Sponville)에 따르면, 덕은 두 개의 악덕(惡德) 가운데 보다 높은 곳에 있다고 했다. 그는 말한다. 용감함은 겁냄과 만용 사이에, 긍지는 비굴함과 방자함 사이에, 온화함은 노여움과 무관심 사이에 있다고.

과연 항상 그렇게 높은 곳에서만 살아가는 사람이 있을 것인가. 덕을 생각한다는 것은 그 높은 곳과 나와의 거리를 셈하는 것일지 모른다.

(2012. 8)

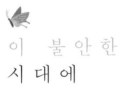

이 불안한
시 대 에

인간은 진화 과정에서, 끊임없이 변화하는 환경에 순응(順應)하는 힘을 길러 왔다. 오늘날처럼 그러한 능력이 필요한 때도 없어 보인다. 경영학자들은 현재의 세계를 표현할 때 군사 용어를 사용하여 'VUCA'라고 부른다. V는 불안정성(volatility), U는 불확실성(uncertainty), C는 복잡성(complexity) 그리고 A는 애매모호(ambiguity). 이렇듯 VUCA 시대가 되고 보니 기업의 모양새나 업무에 대한 사고방식, 태도가 크게 변하고 있다.

무엇보다 절실히 느껴지는 것은 오늘날 비즈니스 환경의

변화이다. 국제 무역이나 세계 대다수 나라의 GDP가 하루가 다르게 엄청난 속도로 성장, 발전하고 있는데도 일자리가 없다. 특히 선진국일수록 고용이 악화되고 있다. 이런 일은 역사상 처음 있는 일이다.

기업들은 끊임없이 노동력을 줄이려 하고 있다. 나라 밖임금이 저렴한 곳으로 사업체를 옮기는 것은 이미 상식이다. 첨단 정보통신(IT) 기술의 발달로 인해 수많은 직장이 줄어들고 있다. 갈수록 노동자들은 불확실한 정황에 허덕이고 있는 것이다.

VUCA 환경에서는 주어진 일을 충실하게 하는 것만으로는 통하지 않는다. 현 시점에서 최고 기능을 가졌더라도 안심할 수가 없다. 앞으로 필요하게 될 새로운 기술, 기능을 찾아서 끊임없이 배우고 공부하는 인재만이 살아남을 수 있다. 노동자 스스로 능동적으로 능력을 계발해야 한다. 전심전력을 다할 수 있는 무언가를 열의를 가지고 찾아야 한다. 그것이 동력이 되어 어떠한 변화도 돌파할 수 있는 길이 열릴 것이다.

VUCA 시대에 걸맞은 나만의 커리어(career)를 쌓기 위해 필요한 새로운 발상과 행동은 무엇일까.

첫째, 치타처럼 먹이(목표)를 집요하고 끈덕지게 쫓아갈 것. 둘째, 생존을 걸고 체내에 수분(水分)을 축적하는 낙타처럼 최악의 시나리오에 대비할 것. 셋째, 주변에 영합하는 카멜레온처럼 네트워크를 넓히고 기회가 있으면 재빨리 적응할 것. 넷째, 팔다리가 잘려도 재생하는 불가사리처럼 회복력을 가질 것.

하지만 이러한 대비가 전부는 아닐 것이다. 불안한 시대에 지속 가능한 커리어를 만들기 위해서는 자신의 이익만을 생각하는 발상에서 벗어나, 사회에 봉사한다는 생각으로 하는 일에 집중하려는 노력이 필요하다.

(2012. 6)

::

미래연구소 선임연구원인 밥 요한센(Bob Johansen)은 VUCA 세상에 현명하게 대응하게 위해 필요한 네 가지 VUCA를 아래와 같이 정리하고 있습니다.

- Volatility yields Vision(자신의 행동에 대해 명확한 의도와 방향을 지니는 것)
- Uncertainty yields Understanding(새로운 사고에 이르기 위한 경청과 이해 노력)
- Complexity yields Clarity(복잡한 혼돈에서 헤어날 수 있는 명료한 사고)
- Ambiguity yields Agility(돌변하는 상황에 흔들리지 않는 민첩한 대응력)

어 른 들 의
학 문

　본시 어록이나 격언은 '어른들의 학문'이라고 했다. 삶의 깨
달음이나 번뜩이는 지혜, 강력한 행동력은 영감에서 나온다.
그것은 체험과 정신이 응결된 한마디 말에서 오기도 한다.
　"사람 나이 마흔을 넘으면 자기 얼굴에 책임을 져야 한다"고
한 이는 미국의 링컨 대통령(Abraham Lincoln, 1809~1865)이다.
젊었을 때의 얼굴은 유전의 영향이 크겠지만 마흔을 넘어가
면 그 사람의 전반생, 즉 지금까지 무엇을 생각하며 무슨 일
을 해왔는가 하는 것이 얼굴에 나타난다는 뜻이리라.
　프랑스의 작가 앙드레 지드(Andre Gide, 1869~1951)도 "아

름답게 죽는 것은 그리 어렵지가 않다. 그러나 아름답게 늙는다는 것은 지극히 어려운 일이다"라고 말하지 않았던가.

문학에는 여정, 음악에는 여운, 그림에는 여백이 있어야 아름다워진다. 인생도 여생이 충실한가 아닌가에 따라 과거가 살기도 하고 죽기도 한다. "사람을 알려거든 그의 만년을 보라"는 것은 명언 중의 명언이다.

나 자신이 다년간 정치인으로 살면서 좌우명처럼 생각했던 《논어(論語)》의 구절이 있다. '군자화이부동, 소인동이불화(君子和而不同, 小人同而不和).' 군자는 남과 진심으로 일치하지, 겉으로만 동조하는 일은 없다. 소인은 겉으로는 동조하지만 진심으로 일치하는 일이 없다.

화(和)라는 것은 서로 다른 생각을 가졌던 사람이 마음을 허락하여 진실한 친구가 되는 것이고, 이에 반해 동(同)이란 겉으로만 친구가 되는 것이다. 공자(孔子)는 군자 간의 교제를 권하였고, 소인과의 교제를 배척하고 경멸하였다.

"백 마리의 양 떼라도 한 마리의 사자가 있으면 강해진다." 나폴레옹(Napoleon, 1769~1821)의 말이다.

야전(野戰)에서 가장 중요한 것은 중대장이다. 지휘 능력이 있는 중대장이라면 잡병(雜兵)도 강병(強兵)으로 만들 수 있다. 지휘자가 부하의 성격에서부터 생활환경, 그 집에 숟가락이 몇 개 있는가 하는 것까지 알게 되면 보잘것없는 중소기업도 훌륭하게 키워 갈 수 있다.

"증오는 애정의 반대가 아니다. 애정의 반대는 상대의 존재를 무시하는 것이다." 이는 인도의 마하트마 간디의 말이다. 증오는 증오의 대상보다 증오하는 자신에게 손해가 크다.

'마음이 팔자'라는 속담도 있지 않은가. 사람의 운명이 사주팔자에 달린 것이 아니라 마음 쓰기에 달렸다는 뜻이리라.

온 인류가 수천수만 년간 쌓고 쌓은 지혜의 결정(結晶)이 바로 '고사성어'이리라. 그 단 한마디 때문에 살고 싶기도 하고, 죽고 싶기도 한 그런 말들이다. 하루하루 쉬지 않고 그 말들을 들여다보는 사이에 스스로의 본모습이 보일 것이고, 그러는 사이에 때도 씻기어 나갈 것이니.

샘터가족 여러분, 날마다 좋은 날, 맑은 날을 맞이하소서.

(2013. 9)

역 사 에
살 아 라

얼마 전(2011년 6월 7일) 고려대 총장이셨던 김준엽 박사가 향년 91세로 세상을 떠나셨다. 그분이 남기신 50여 권의 저서는 세계 속 한국의 진로에 초점을 두고 쓴 것이라 한다.

그분은 1944년, 당시 22세의 나이로 일본의 명문인 게이오 대학 사학과에서 유학하던 중 학병으로 강제 징집을 당했다. 그러나 일본군 부대를 탈출, 대한민국 임시정부의 광복군이 되어 항일 독립운동에 동참했다고 한다.

해방 후에는 고려대 사학과 교수 등을 거쳐 총장을 역임했다. 총장 재임 당시 4·19 전야에 학생들이 민주화를 요구하며 학생회관에서 농성에 들어가자, 학생들이 경찰에 연행되는 것을 막기 위해 밤새도록 건물 앞을 지켰다는 일화는 유명하다. 역대 대통령들로부터 여러 차례 국무총리직을 권고받았지만 그때마다 겸손히 사양했다는 후문도 있다.

그분에게는 역사에 대한 믿음이 있었다. 정의(正義)와 선(善), 그리고 진리(眞理)는 반드시 승리한다는 것을 믿으셨다. 그분이 후학들에게 입버릇처럼 하신 말씀이 있었으니, 바로 '역사(歷史)에 살라'는 것이다.

권력을 가진 자가 역사를 만든다고 생각하는 사람이 많다. 과연 그러할까? 역사는 되풀이된다는 말도 있지만, 시시각각 시간은 흐르고 같은 사상이 되풀이되지는 않는다. 때와 더불어 중요한 것은 만남이다. 어떤 시점에 누가 누구와 만나 또는 어떤 생각과 생각이 만나 어떤 결과가 생겨났는가. 이것이야말로 역사의 중심 과제가 아니겠는가.

우리와 같이 작은 나라에서는 인재(人材)를 키워야 한다. 유능한 인재라 해도 다른 사람과 힘을 합쳐야 더 큰 일을 해낼 수 있다. 본시 사람의 욕망은 생존과 돈, 명망(名望)을 향해 있다. 정당하게 돈을 번 사람들, 힘써 노력하여 벼슬자리에

오른 사람들이 존경받는 세상이 되어야 한다. 또 그런 이들은 초심을 잃지 않고 더욱 정당하게 살아가려고 노력할 일이다.

다사다난한 이 시대를 지식인들은 어떻게 살아야 할 것인가. 그러한 문제의식을 바탕으로 역사 속에서 활동한 선인들의 삶을 탐구하고 올바른 삶의 방식을 찾아가라는 것이 바로 '현실에 살지 말고 역사에 살아라'라는 교훈의 참뜻이 아니겠는가.

(2011. 8)

::

'마지막 광복군' 김준엽 선생은 자신이 걸어온 길을 꼼꼼히 기록해 《장정(長征)》이라는 책으로 남겼습니다. 젊은 시절 그가 꿈꾸고 경험하고 약속하고 실천했던 일들을 기록으로 남겨 뒤따르는 이들이 교훈으로 삼기를 바란 것입니다.

그는 생전 한 인터뷰에서 "생일상을 따로 차리지 않는 것과 벼슬을 하지 않는 것"이 일생의 신조라고 밝힌 바 있습니다. 생일날마다 일제 치하에서의 아픔이 떠오르고, 두 동강 난 조국의 신음소리가 들려와 집에서 밥상을 받을 수 없었다고 합니다.

회고록 《장정》에 그는 이렇게 썼습니다. '과연 나는 못난 조상이라는 후세의 평을 면할 수 있겠는가 되돌아보게 된다.'

세 종 로 에
내 린
단 비

비가 옵니다

밤은 고요히 깃을 벌리고

비는 뜰 위에 속삭입니다

몰래 지껄이는 병아리같이

이즈러진 달이 실낱같고

별에서도 봄이 흐를 듯이

따뜻한 바람이 불더니

오늘은 이 어둔 밤을 비가 옵니다

비가 옵니다

다정한 손님같이 비가 옵니다

창을 열고 맞으려 하여도

보이지 않게 속삭이며 비가 옵니다

비가 옵니다

뜰 위에 창밖에 지붕에

남모를 기쁜 소식을

나의 가슴에 전하는 비가 옵니다

_주요한, 〈빗소리〉

1993년 12월 2일 세종로공원에 시비(詩碑)가 하나 세워졌습니다. 3·1 운동 직전에 우리나라 최초의 자유시 〈불놀이〉를 발표하여 망국의 설움을 달래 주었던 주요한 선생님의 시비가 생전에 사시던 세종로에 세워진 것입니다. 메마른 서울 거리에 하나의 단비가 고요히 내린 느낌이 듭니다.

시인은 새 시대를 알리는 닭의 울음소리라고 합니다. 그렇습니다. 이 시비가 나라를 잃었을 때 읊었던 선생님의 닭 울음소리였다면, 세종로 거리를 오가는 사람들에게는 비 온 후의 밝은 새 아침, 새 시대를 알리는 닭 울음소리로 새겨질 것입니다.

(1994. 1)

::

세종로공원은 2011년 탁 트인 역사문화공원으로 새 단장을 했지만, 주요한 선생님의 시비는 여전히 그 자리를 지키고 있습니다. 도심 속 초록 쉼터가 된 세종로공원에는 다문화가정과 재외동포를 비롯한 국민들이 직접 쓴 한글 1만 1,172자를 돌에 새겨 넣은 '한글글자 마당'이 조성되어 볼거리를 더하고 있습니다.

나 는
어 떤
사 람 인 가

어떤 사람을 경계하며 어떤 사람을 신뢰해야 할까요?

· 모든 것을 내일로 미루는 사람을 봅니다. 병중(病中)에 있는 가까운 친구에게 문안 가야지, 군대에 있는 친구에게 편지를 써야지, 수재민(水災民)을 찾아봐야지 하면서, 언제까지나 생각만 하고 아무것도 못 하는 사람, 온종일 판결만 하는 사람, 듣는 것, 보는 것마다 시비만 하고, 정작 자신은 손 하나 까딱하지 않는 사람도 있지요.

· 남에게 무엇이든 책임을 뒤집어씌우려 들면서, 늘 자기

만 똑똑한 체하는 사람.

• 언제나 예스(Yes)라고 말하는 사람. 누가 뭐라고 해도 다 "그래그래" 동의하지만 실은 아무런 일도 못 하고 도움도 주지 않습니다. 언제나 노(No)라고 대답하는 사람. 상대가 머리 숙이게 하기 위해서 일부러 장벽을 만들어 자기 힘을 뽐내지요.

• 여자를 맥 빠지게 하는 사람. 남자 못지않게 일을 잘하는 여자에게 공연한 트집을 잡아 의욕을 꺾으려 듭니다.

• 자제(子弟)들을 들볶는 사람. 자식들이 성에 차지 않아 보기만 하면 나무랍니다.

• 화해하기 힘든 사람. 상대가 양보하면 할수록 한 발짝도 물러서지 않음은 물론 오히려 더 달려들지요.

• 빛을 주는 사람. 늘 상대의 입장에서 생각하며 말 한마디라도 정성껏 해주는 사람입니다.

• 아무리 나이 먹어도 연애할 마음을 가지고 있는 사람. 연애하는 마음에는 기쁨과 경탄과 젊음이 깃들어 있음을 이해하는 사람이지요.

• 능동적인 사람. 발전을 위해 스스로를 변화시킬 수 있고, 무능함을 용납하지 않는 의지와 실행력을 갖춘 사람. 일생일대의 성패(成敗)는 있게 마련이나, 어떤 실패를 겪더라도 기를 살려 다시 살아날 수 있다는 자신감을 가진 사람.

• 자아를 실현할 수 있는 사람. 보이지 않는 그 무엇(하느님, 운명, 팔자)이 자기의 길을 인도하리라고 믿고 살아가는 사람.

여러분도 한 분 한 분 자신을 돌아보는 기회가 되었으면 합니다. 청명한 하늘을 바라보며 나는 어떤 사람인가 자문자답해 보시기를……

(1998. 10)

비 싼
정 신 을
가 지 는
것

유달리 더웠던 여름밤이었습니다. 제15회 미국 월드컵 결
승전 전야제가 방영되던 날 밤, 세계 3대 테너 플라시도 도밍
고, 호세 카레라스, 루치아노 파바로티의 합동 콘서트가 열렸
습니다.

그때의 감동이 새롭습니다. 음악 애호가가 아니더라도 그
날 밤 이들의 화음을 들었다면 아마도 자기 생에 하늘이 가
져다준 큰 선물이었다고 회상하리라 믿습니다. 또다시 이런
감동을 맛볼 수가 있을는지요.

LA다저스 경기장을 입추의 여지없이 가득 메운 8만여 청

중을 비롯해, 세계 100여 개 국에서 10억 이상의 시청자가 6개의 위성을 통해 관람하였다고 합니다.

주빈 메타의 열정적 지휘에 따라 LA 필하모닉의 연주로, 故 번스타인이 작곡한 〈캔디드 서곡〉이 울려 퍼지며 콘서트의 막이 올랐습니다. 카레라스, 도밍고, 파바로티 순으로 공연이 이어지고 마지막에는 이 세계적인 3대 테너가 함께 노래를 불렀지요. 세 테너의 개성이 뚜렷하게 나타나고 또 그것이 신통할 정도로 완벽하게 조화를 이루어 정녕 넋을 잃게 하였지요.

〈물망초〉, 〈아베 마리아〉, 〈남몰래 흘리는 눈물〉 등 귀에 익은 가곡과 오페라의 아리아를 세 테너는 그야말로 열창하였습니다. 이들이 부른 레퍼토리는 굳이 음악 전문가나 애호가가 아니더라도 알 수 있는 명곡들이어서 친근감을 주었습니다. 역시 자신이 아는 노래를 들을 때 한층 더 신이 나는가봅니다.

특히 랄로 쉬프린(Lalo Schifrin)이 이번 월드컵을 위해 편곡했다는 '할리우드에 바치는 노래(A tribute to Hollywood)' 메들리는 온 관객의 기립 박수로 이날 밤 공연의 절정을 이루었습니다.

앵콜송 중에서도 〈돌아오라 소렌토로〉를 부를 때는 텔레비전 앞에 가만 앉아서 들을 수가 없어서 주빈 메타의 지휘 흉내를 내며 흥분을 발산시켰지요.

환상의 화음에 도취하는 것, 이보다 더한 사치(奢侈)가 어디 있을까요. 비싼 물건을 가지는 것이 아니라 비싼 정신을 가지는 것, 그런 사치를 즐기며 살아가는 이들에게는 이 여름밤의 더위도 오히려 시원할 것입니다.

(1994. 9)

::

세계 3대 테너는 1990년 로마 월드컵 전야제에 주빈 메타의 지휘로 첫 공연을 한 이래 2005년 6월 멕시코에서의 마지막 공연까지 스물네 번의 콘서트를 하였습니다. 2001년에는 한일 월드컵을 기념해 한국에서도 공연을 펼쳤지요. 그러나 2007년 9월 6일 루치아노 파바로티가 세상을 떠나. 이들 세 사람이 함께 무대에 선 모습은 더 이상 볼 수 없게 되었습니다.

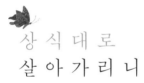

상 식 대 로
살 아 가 리 니

상식(常識)이란 간단히 말하면 일상생활의 행동 규범이며, 동시에 그 규범에 따르는 판단 기준이라고 할 수 있으리라. "원리 원칙이 곧 상식이다"라고 하는 이도 많다.

재미있는 이야기가 있다. 백락천(白樂天, 본명 居易)은 두보(杜甫), 이백(李白)과 함께 당나라를 대표하는 시인이며 시성(詩聖)이라고까지 존경받은 사람이다. 그는 선승(禪僧) 조과(鳥菓) 스님을 찾아 물었다.

"대체 선(禪)이란 그 진수(眞髓)가 무엇입니까?"

"나쁜 짓을 하지 않고 좋은 일을 하는 것. 바로 선(禪)의 핵

심"이라고 스님이 대답했다.

큰 설법을 기대했던 백락천은 "그거야 삼척동자도 다 아는 것이 아니오" 하며 비아냥거렸다.

그 말에 선사는 이렇게 말했다.

"세 살 난 어린애도 그것을 다 아는데 여든 늙은이도 그것을 행하기란 쉽지가 않으니……."

그러자 백락천은 오히려 얼굴을 붉혔다고 한다.

《탈무드》는 유대인의 생활 규범을 기록한 법전이다. 그 속에 나오는 구절은 극히 간단명료하다.

"어떤 사람을 현명한 사람이라고 하는가?"

"모든 것에서 무엇인가 배우려고 하는 사람."

"어떤 사람을 굳센 사람이라고 하는가?"

"자기 자신을 이겨 내는 사람."

"어떤 사람을 부자라고 하는가?"

"자기 분수에 만족하는 사람."

스위스의 철학자 카를 힐티(Carl Hilty, 1833~1909)가 쓴 책 《행복론》과 《잠 못 이루는 밤을 위하여》는 생명의 책이라고도 불린다. "진실한 사람, 올바른 사람은 예절처럼, 평상시의 작은 행동에서 나타난다"고 하였다.

상식을 '생활의 원리 원칙'이라고 할 때 그것을 확립하고 충실히 실행한 이는 공자이다. 공자의 말씀이라고 하면 '치국평천하(治國平天下)'에 치중하기 쉽지만, 그는 사소한 일에도 정성을 다하였다.

기회만 있으면 제자들과 노래 부르기를 즐겼지만 조문(弔問)한 날에는 식사도 노래도 삼갔다. 눈먼 사람이 찾아오면 문밖까지 뛰쳐나가 붙들어 인사하였고, 자리에 앉은 다음에는 동석한 사람들을 일일이 소개하였다. 보약을 가져오는 이가 많았지만 "어떤 약인지 모르니 제 병에 맞는지를 알 수 없어 감히 맛볼 수 없습니다" 하며 감사를 표하고 받지는 않았다고 한다.

도산 안창호 선생은 "훈훈한 마음 빙그레 웃는 모습, 우리 동포의 모습이어라" 하고 언제나 기도하듯 말씀하셨다고 한다. "죽더라도 거짓이 없어라." "작은 일부터, 나부터." "사랑이란 절로 생긴다고 하지만 사랑은 꾸준히 힘써야 하는 것. 더욱 깊게 더욱 넓게."

훈훈한 마음은 더없이 아름다운 지혜의 보석이다. 훈훈한 사람이 있는 곳에는 언제나 성숙한 인격이 존재한다. 비가 오나 눈이 오나 어떠한 변화가 오더라도 언제나 유화(柔和)하여 조용하고 평화롭다.

　책 속 의미 있는 잠언이나 선인들의 발자취를 찾다 보면, 대부분 평범하고 상식적인 언행에서 깊은 감명을 받게 된다.

(2013. 10)

2...

질 수밖에
없을 때

사람이 늘 이길 수는 없습니다. 질 수밖에 없을 때가 있습니다.
인생무상을 담담히 받아들이고 조용히 감수하는 것,
이런 태도가 인간을 강하게 만듭니다.

시 간 이 란
무 엇 일 까

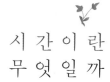

　젊을 때는 시간(時間)이 더디게 흐르는 것처럼 느껴졌건만 나이를 먹어 감에 따라 시간이 너무나 빨리 간다. 이제 와 시간의 속도가 달라진 것일까?

　젊은이는 앞날에 관심이 있으나 노인은 지난날에 관심이 있다. "내가 젊었을 때는……." "내가 어른이 되면……." 흔히 들을 수 있는 노소간(老少間)의 입버릇이다.

　아인슈타인의 이론에 따르면 광속(光速)에 가까운 속도로 우주여행을 하는 사람의 시계는 천천히 가기 때문에 지구상에 남아 있는 사람보다 천천히 나이를 먹는다고 하는데 정말

그럴까. 시간의 속도가 빨라지기도 하고 더뎌지기도 하는가. 시간은 형태가 없어서 눈으로 볼 수 없고, 우리 멋대로 멈추게 하거나 움직일 수 없다. 그러면서도 우리는 시간과 경쟁하듯 살아간다.

때로 시간이 가는 것도 잊고 무엇인가에 열중할 때도 있고 시간에 쫓기어 허둥지둥할 때도 있다. 우리는 언제 시간을 느끼고 언제 시간을 잊을까. 아이가 아침 먹고 늦을세라 학교로 뛰어갈 때, 친구들과 100미터 경주를 할 때 초(秒)를 다툰다. 어렸을 적 사진을 볼 때면 "나도 나이깨나 먹었구먼" 하고 웃음 짓기도 한다. 한편 재미있는 책을 읽을 때나 스포츠 경기에 열중할 때, 가까운 친구들과 담소할 때면 저도 모르는 사이 시간을 잊게 된다.

우리가 살고 있는 지구는 몇십억 년의 나이를 먹었고, 그동안 많은 생명이 시간의 흐름과 더불어 진화해 왔다. 인간의 일생은 영원한 시간에 비하면 한순간에 지나지 않지만, 그 옛날 사람들은 달의 운행을 보며 달력을 만들어 내고, 태양의 운동에서 1년이라는 시간을 생각해 냈다. 시간이란 되풀이되는 것이 아니라 한 방향으로 진보한다―미래는 진보를 의미한다 – 는 생각, 그 속에 유토피아에 대한 희망이 담겨 있다.

시간이란 무엇인가? "듣지 않았을 때는 잘 알고 있었으나 듣고 보니 어떻게 대답해야 할지 모르겠다"라고 한 성 아우구스티누스(St. Augustinus, 354~430)의 말처럼 시간을 간단하게 정의할 수는 없을 것이다. 인간이라면 누구에게나 공평하게 주어지는 것이 시간이다. 어차피 우리는 시간의 나그네일터, 시간의 발자취인 '역사'를 생각하며 때로는 빠르게 때로는 느긋하게 걸어가리라.

(2008. 12)

스 티 브 잡 스 를
기 리 며

2011년 10월 5일, 애플사의 창업자 스티브 잡스(Steve Jobs)가 세상을 떠났다. 향년 56세였다. 그가 타계한 후에도 그에 대한 이야기는 끊일 줄 모르고 날이 갈수록 세계인들의 입에 더욱 오르내리고 있다.

그는 미국인 어머니와 시리아계 이민자인 아버지 사이에서 사생아로 태어났다. 어렸을 때 친부모에게 버림받고 이슬람교도 부부에게 입양되었다. 대학은 중퇴, 히피가 되기도 하고 인도를 방랑하다 불교에 심취하기도 했다. 환각 유발제를 피웠던 경험도 있다. 제대로 된 인사 담당자라면 잡스와 같은 사람을 고용하지는 않으리라.

이렇게 자라난 스무 살의 젊은이, 잡스가 CEO(최고 경영자)가 되기 위해서는 스스로 회사를 창립할 수밖에 없었다. 자동차 차고에서 애플사를 창립한 잡스는 iMac, iPod, iPhone, iPad 등 차례차례 눈부신 신제품을 개발하였고, 덕분에 컴퓨터에 관해 아무것도 모르는 이들까지도 그 혜택을 누릴 수 있었다.

"상자에서 꺼내어 코드를 잇는 것만으로 마법이 되곤 했다." 그는 애플의 제품들을 통해 심플함(simple)이 강력함, 우아함과 같은 뜻임을 증명하였다. 검은 터틀넥에 청바지, 이것이 잡스의 스타일이었다. 그 차림에 배어 있는 편안함과 쾌적함은 곧 그가 젊은이들에게 보내는 메시지이기도 했다.

그는 모든 것을 멋지게 디자인하였다. 그가 즐겨 했던 말, "달리 생각해 보라"는 그의 디자인에 고스란히 녹아 있다. "항상 갈망하고 항상 무모하라." "죽음은 삶의 변화를 주도한다." "매일이 인생의 마지막인 것처럼 생각하고 살아라." 췌장암 투병 중이던 잡스가 스탠퍼드대 졸업생들에게 한 전설적인 연설 내용이다.

잡스를 21세기의 '레오나르도 다빈치'라고 평가하는 사람들이 많다. 미국의 오바마 대통령은 "스티브는 남과 다르게 생각할 줄 아는 용기를 가졌고, 스스로 세상을 바꿀 수 있다고 믿는 강함을 지녔으며, 이를 실행할 수 있는 충분한 재능이 있었다"라는 최고의 찬사로 잡스의 죽음을 애도했다.

잡스의 생애와 그가 남긴 말들을 되새기면서 오늘 하루를 갈무리하고 다가올 내일을 디자인해 보시길.

(2011. 12)

::
내가 계속할 수 있었던 유일한 이유는 내가 하는 일을 사랑했기 때문이라고 확신합니다. 여러분도 사랑하는 일을 찾으십시오. 사랑하는 사람을 찾아야 하듯 일 또한 마찬가지입니다. _스티브 잡스

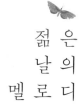

젊 은
날 의
멜 로 디

일제(日帝)하에서 우리 애국가의 곡조는 유명한 〈올드 랭 사인(Auld Lang-syne)〉이었다. 우리나라에는 '석별의 정'이라는 노래로 알려진 이 곡은, 영국의 민중시인 로버트 번스(Robert Burns, 1759~1796)가 스코틀랜드의 민요에 시적 영감을 불어넣어 부활시킨 것이다.

번스는 스코틀랜드의 한촌, 가난한 농가에서 태어나 어릴 적부터 농사일을 했다. 그것은 "은자(隱者)처럼 아무런 재미도 없고, 갤리선(船)의 노잡이 노예처럼 숨 쉴 틈도 없는 고역"이었다. 과중한 노동은 소년의 육체에도 정신에도 깊은 상처를 남겼다. 그래서 그는 젊어서부터 허리가 굽고 때때로 두통과 우울증에 시달렸다.

이처럼 척박한 환경에서도, 아니 환경이 그러했기 때문에 그는 시인으로서 뛰어난 재능을 드러냈다. 그의 첫 시집은 커다란 반향을 일으켰다. 얼마 안 되어 그의 시곡(詩曲)은 온 세계에 퍼져 나갔다. 거기에는 스코틀랜드의 자연과 민중에 대한 애정이 흠뻑 담겨 있었다.

'올드 랭 사인'은 '오랜 옛날'이라는 뜻이다. 가사의 내용은 함께 데이지를 꺾고 시냇물에서 놀았던 어린 시절, 좋았던 나날을 그리워하는 것이다. 이 노래가 나라를 잃고 타국에서 고국을 그리워했던 우리네 독립 애국자들의 가슴을 쥐어짰던 것이니⋯⋯. 이 곡에 부쳐 "동해물과 백두산이⋯⋯" 부르곤 했던 그 시대의 그 감동을 잊을 수가 있을 것인가.

지금도 문명국가에서는 모임이 끝날 때 으레 〈올드 랭 사인〉을 부른다고 한다. 그때에는 모든 사람이 왼손은 바른편으로, 바른손은 왼편으로 교차해서 손잡고 돌아가며 노래 부른다.

"자! 친구여, 내 손 여기 있네. 그대 손 나에게 주시게⋯⋯."

고향을 그리워하는 사람이 늘어나는 이즈음이다. 공산 치하에서 빠져나와 남쪽에 온 사람들은 이제 할아버지 할머니가 다 되었거나 이미 세상을 떠났다. 아들, 손자 대(代)로 내려오면서 향토를 통한 인간적 교류가 희미해지고 있지만 그래도 어렸을 때 감동하여 불렀던 노래는 평생 잊지 못한다. 그 시절의 즐거웠던 추억에 잠길 때 젊은 날의 희망은 소생하고 미래를 향한 의욕이 살아나는 것이다.

(2007. 1)

강한 사람
약한 사람

"인간은 인간에게 늑대"라고 말한 철학자가 있었습니다. 영국의 철학자 홉스(Thomas Hobbes, 1588~1679)는 인간관계를 끊임없는 싸움, 즉 적자생존(適者生存)의 경쟁으로 보았습니다. 강한 자만이 살아남는다는 이 말은 치열한 승부의 세계를 극명하게 묘사한 것으로, 실제로도 그러할지 모릅니다.

한편 인생에는 남과 싸워 승패를 가리는 일 말고 자기 자신과의 싸움도 있습니다. 태만해지려 하는 자신과 싸워 이기는 것을 극기(克己)라고 하지요. 자신의 뜻을 끝내 관철하는 의지(意志)가 강한 사람이 있는 반면 여러 가지 유혹이나 욕정을 뿌리치지 못하는 사람도 있습니다. 자신과의 싸움에도 승자와 패자가 있다고 볼 수 있겠습니다.

석가모니의 출가(出家)는 우연한 것이 아니었습니다. 그는 목격했습니다. 사람은 죽는다는 것을, 늙는다는 것을, 병을 이기지 못하는 경우가 많다는 것을, 그리고 가난을. 그중에서도 가장 괴로운 것이 무엇일까요. 깨달음을 얻은 석가모니는 가난이라고 했습니다.

사람이 늘 이길 수는 없습니다. 질 수밖에 없을 때가 있습니다. 젊음은 아름답지만, 젊음의 시간은 그리 길지 않습니다. 인생무상(人生無常)을 담담히 받아들이고 조용히 감수하는 것, 이런 태도가 인간을 강하게 만듭니다

한 걸음 더 나아가 죽음을 묵상합니다. 죽음을 견딜 수 있는가, 죽음도 두려워하지 않는가. 사람은 죽음 앞에 그 진가(眞價)를 드러냅니다. 병환이나 빈곤 앞에서 사람의 강약이 드러납니다. 생명은 존중받아야 하지만 산다는 것 자체가 인생의 최종 목표가 된다면 삶의 참뜻이 희박해질 것입니다.

참 인생의 뜻을 찾아가는 길, 그 길을 가다가 죽을 수 있어야 비로소 그 길을 위해서 살 수 있는 것 아니겠습니까.

(2008. 6)

::
우리는 자신을 이김으로써 스스로를 향상시킨다. 자신과의 싸움은 반드시 존재하고, 거기에서 이겨야 한다. _에드워드 기번(《로마제국 쇠망사》의 저자)

가을, 대학로
벤치에 앉아서

　서울 동숭동 대학로의 벤치에 앉아 오고 가는 젊은 남녀들을 바라보노라니, 너무나 인간적이었던 위대한 작가 괴테 (Johann Wolfgang von Goethe, 1749~1832)가 떠올랐다. 괴테는 83세에 타계했지만 그의 정열은 죽을 때까지 청년처럼 넘쳐흘렀다. 그가 쓴 《젊은 베르테르의 슬픔》은 200년이 지난 오늘날까지도 젊은이들에게는 성경처럼 읽히고 있다. 나폴레옹이 그 작품을 일곱 번이나 읽었다는 이야기는 너무나도 유명한 에피소드이다.

　벤치에서 일어난 뒤에도 줄곧 젊은이들의 그 싱싱한 걸음

걸이와 괴테의 얼굴이 오버랩되어 나는 생각나는 대로 괴테가 남긴 시구(詩句), 명언들을 중얼거리며 헤매듯이 걸어갔다.

• 첫사랑은 깨어지기 쉬운 것, 쉬이 깨어지기 때문에 아름다운 것일까. 아니다. 그렇기 때문에 지혜와 용기를 가지고 깨어지지 않도록 지켜 나갈 때 아름다운 것이 되리니…….

• 남성 편력이 있는 여성도 있다. 그들은 남자를 통해 갈증을 해소할 테지만, 그것으로는 애욕(愛慾), 일시적 도취(陶醉)만을 얻을 뿐, 오래도록 만족할 수는 없다. 그래서 그들은 남자를 바꾼다. 바꾸고 또 바꾸어도 남는 것은 쓰디쓴 환멸과 자기혐오(自己嫌惡) 그리고 끝내는 마음의 상처뿐.

• 진정한 사랑은 어디서 찾을 수 있는가. 항상 마음의 밸런스를 잃지 않을 것.

• 재능(才能)은 고독 속에 스스로 자라나고, 성격은 인생의 격류(激流) 속에서 만들어진다. 청년은 가르침을 받기보다는 자극받기를 바란다. 감각은 속이지 않는다. 그러니 판단이 속이는 것이다.

• 자기 일생의 끝이 처음 생각과 같은 사람은 가장 행복한 사람이다. 사람은 아는 것이 많아질수록 의문도 많아진다. 사람은 노력하는 한 영원히 방황한다.

구슬처럼 아름다운 괴테의 이야기를 곱씹으며 한마디 덧붙여 본다. 사랑이란 연애처럼 격렬한 불꽃도, 찬란한 색채도 아니다. 그 대신 오래오래 사그라지지 않고 살아 있는 불티, 그것이 꺼질세라 인내하며 지켜 가는 것, 참사랑의 맛이 여기 있으리니…….

(2006. 11)

::
우리는 어디서 태어났는가. 사랑에서. 우리는 어떻게 멸망하는가. 사랑이 없어서. 우리는 무엇으로 자기를 극복하는가. 사랑에 의해서. 우리를 울리는 것은 무엇인가. 사랑. 우리를 항상 결합시키는 것은 무엇인가. 사랑. _괴테

직
관
력

　나이를 먹어 갈수록 건망증이 심해진다고 투덜거리는 이가 많다. 마치 좋았던 머리가 나빠지기라도 한 것처럼 말이다. 하지만 해를 거듭할수록 쉽게 잊어버리는 것은 오히려 '하늘의 오묘한 이치'이니 결코 실망할 일이 아니라고 말하는 이도 있다.

　공부를 열심히 하여 지식을 많이 축적하면 사고력(思考力)이 높아진다는 것이 상식이었지만, 오히려 머릿속에 지식을 너무 많이 집어넣으면 독창성이 없어진다는 말도 있다. 지금까지의 교육은 인간의 머리를 창고처럼 여겨 왔는지도 모른다. 지식을 주입하는 데 주력하며 기억력이 좋은 사람을 곧 머리가 좋은 사람이라 여겼으니 말이다.

인간에게는 직관(直觀)이 있다. 직관이란 생각할수록 신통한 인간의 자질 중 하나다. 축구 선수의 발놀림으로 그것을 실감할 수 있다. 어디로 패스하느냐, 슈팅의 순간은? 여기에 정해진 방정식은 없다. 공을 받은 즉시 판단해야 한다.

그러한 직관력을 연마하기 위해서는 부단히 온몸을 움직일 수밖에 없다. 영국 사람들이 축구나 럭비 등을 창안한 것도 순간적인 직관력을 연마하기 위한 것이리라. 기업의 면접관도 이 점에 주목해 지원자의 답변이 미리 준비한 것인지 아니면 순간적으로 판단해 말한 것인지 가늠할 것이다.

인생도 마찬가지다. 그 순간의 직관이나 판단은 컴퓨터 프로그램이 대신해 줄 수 없다. 그런데 세상을 살다 보면 이처럼 짧은 시간 안에 결정을 내려야 할 때가 한두 번이 아니다. 그 순간 어떤 선택을 하느냐 하는 것은 그때까지 어떤 인생길을 걸어왔느냐, 그 성실한 경험이 결정지을 것이다.

우리는 성공한 사람들을 부러워하며 동경한다. 그럴수록

그가 성공 전야까지 피나는 노력과 뚝심으로 터득한 직관력,
판단력에 머리를 숙여야 하리라.

(2010. 5)

당신은
어디로 가고
있습니까?

중국에 내려오는 전설(傳說) 하나를 소개합니다.

한 나그네가 산속에서 길을 잃었습니다. 몇 시간 동안 출구를 찾아 헤매었으나 찾을 길이 없었습니다. 해는 저물고 땅거미가 질 무렵에 이르자 나그네는 공포에 떨기 시작했습니다. 한잠도 자지 못하고 꼬박 밤을 샜을 때 갑자기 한 사람의 모습이 보였습니다. 정말로 감사하다고 생각하며 그에게 다가갔습니다.

"아! 당신은 분명 하느님이 보내신 분입니다. 감사합니다.

어서 여기서 빠져나갈 수 있는 길을 인도하여 주십시오."

그러나 그 사람도 길을 잃고 헤매는 처지였습니다. 그는 씁쓸하게 웃음 섞인 말로 자기가 걸어온 방향을 가리키면서 이렇게 말했습니다.

"내가 당신에게 가르쳐 줄 수 있는 것은 오직 하나, 내가 걸어온 길을 가지 말라는 것뿐이오. 나는 그쪽에서 왔으니까 말이오."

이 전설이야말로 2000년 새해를 맞는 우리 한국인에게 내려온 하늘의 메시지가 아닐까요?

우리 민족이 다시는 걸어가서는 안 되는 길 — 그것은 두말할 나위도 없이 지지리도 못난 거짓과 비굴, 배신의 길이며, 동족상잔의 길이며, 남과 북, 동과 서 분열의 길입니다. 앞으로 가야 할 21세기의 길이 아무리 험하고 불투명할지라도 지나온 굴욕의 길로 되돌아가서는 결단코 안 될 것입니다.

얼마 뒤에 있을 국회의원 선거를 앞두고 벌써부터 나라 안이 뒤숭숭합니다. 우리 민족이 오랫동안 길을 잘못 들었던 까닭을 한두 마디로 다할 수는 없을 테지요. 그래도 한 가지

짚어서 말하자면, 한 민족 안에서 서로 시비하여 싸움을 하는 동안, 해가 서산으로 넘어가 나라까지 잃었던 것이 바로 어제의 일이라는 것입니다.

"자기의 생각이 옳다고 주장하는 나머지 민족의 단결을 해치는 데까지 이르지는 말라"고 하시던 도산(島山) 안창호 선생의 말씀을 되새깁시다.

(2000. 3)

풍성한 가을 생각하는 가을

유난히도 더웠던 여름이었습니다. 그러기에 요즈음 가을 바람이 더없이 상쾌하게 느껴집니다. 사계절이 분명한 우리나라, 계절 따라 그 감촉을 우리처럼 선명하게 감득(感得)할 수 있는 나라 사람이 또 어디 있을까요.

바야흐로 천고마비(天高馬肥)의 계절입니다. 미국의 시인 로버트 프로스트(Robert Frost, 1874~1963)는 '색채(色彩) 감각을 느끼려거든 자연과 친해지는 것이 제일'이라고 했지요. 이제 물들어 가는 산과 계곡의 단풍을 볼 때면 더 한층 그 감이 깊어질 것입니다. 엷은 노란색에서 짙은 붉은색으로 변해

가는 풍경을 보노라면 모든 것을 잊어버리고 가을빛에 잠길 수 있겠지요.

환경이 달라지면 생각도 달라집니다. 가을은 생각의 계절이기도 하지요. 오동잎에 불어오는 가을바람은 장부의 가슴을 아프게, 무겁게 한다고 했습니다. 시인은 한 자 한 자 생명을 깎아 내는 아픔으로 시구를 써갈 것이고, 화가의 붓끝은 국화꽃의 빛깔을 옮기려고 무진 애를 쓸 것입니다.

중추절(仲秋節), 한가윗날의 둥근 달을 놓칠세라 바라보며 깊은 상념에 젖어 봅니다. 중국의 옛 시인 소동파(蘇東坡)의 시 한 수를 옮겨 볼까요.

暮雲收盡溢淸寒(모운수진일청한)

銀漢無聲轉玉盤(은한무성전옥반)

此生此夜不長好(차생차야불장호)

明年明月何處看(명년명월하처간)

저녁 구름 다 걷히자 맑고 찬 기운이 넘쳐나고

은하수 소리 없이 옥쟁반을 굴리네

이 내 삶도 오늘 밤도 오래갈 수 없으리니

이 밝은 달을 내년에는 어디서 또 볼 것인가

일상생활의 고달픔을 한때나마 잊어버리고, 백 년 천 년 사람들에게 애송되는 시구를 음미하면서 풍성한 가을, 생각하는 가을을 맞이합시다.

(1994. 10)

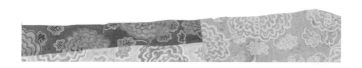

당 신 이
있 었 기 에
내 가
있 습 니 다

　추석은 우리 민족의 제일가는 축제입니다. "더도 말고 덜
도 말고 한가위만 같아라." 이는 추석을 맞는 우리의 소박한
소원이지요. 추석에는 떨어져 있던 일가친척들이 모여 성묘
를 하고 조상들과 영적인 만남을 갖습니다. 순례(巡禮) 여행
을 떠나는 이도 있지요. 순국선열들의 무덤을 차례차례로 찾
는 이도 적지 않습니다.

　세계 50개 나라, 1천 명 이상의 예술가와 역사적 인물의
무덤을 순례한 어느 일본 젊은이에 관한 기사를 본 일이 있
습니다. 작품을 통해, 삶의 자세를 통해 세상은 아름다움으로

넘치고 인생은 살 만하다는 것을 일깨워 준 선인들에게 "감사합니다. 당신이 있었기에 오늘의 제가 있습니다"라고 전하는 것이 그의 순례 목적이라고 했습니다.

그는 스무 살 고개를 넘으며 도스토예프스키의 무덤을 찾았습니다. 무덤에 손을 얹고 "스파시바(감사합니다)"라고 했을 때 온몸에 전류가 흐르는 것을 느꼈다고 합니다. 그가 우리보다 앞서 이곳에서 살았고, 지금 바로 이 땅 밑에 묻혀 있다는 것을 실감하며 절로 흐르는 눈물을 가눌 길이 없었다고 합니다.

이때부터 이 젊은이의 순례는 시작되었습니다. 관광이 목적이 아니었기 때문에 같은 무덤도 여러 번 찾았다고 하지요. 무덤 앞에서 두 손을 모으고 마음으로 고인과 대화하노라면 끊기 어려운 정이 생기는 것 같았다고 합니다. 무덤을 찾은 적이 있는 화가의 그림을 미술관에서 보았을 때, 주위 사람들에게 "나는 이분과 만나고 왔어요"라고 말하기도 했답니다.

민족이나 문화가 달라도 문학, 음악, 미술 등 예술이 주는 감동에 사람들이 공감하는 것은, 모든 인류가 국경을 넘어

더불어 살아갈 수 있다는 증거가 아닐는지요. 배우 찰스 브론슨(Charles Bronson, 1921~2003)의 무덤에는 '내 무덤 앞에서 울지 마세요. 나는 여기에 있지 않으니까요'라고 새겨져 있더랍니다. 이 얼마나 착하고 아름다운 묘비명입니까.

한가윗날 성묘에서 얻은 감회가 길이길이 여러분의 삶에 큰 힘이 되시기를 바랍니다.

(2010. 10)

:::
묘비명은 고인이 세상에 건네는 마지막 인사말이 아닐까요? 묘비명을 통해서 먼저 간 이들과 교감해 보는 건 어떨는지요.

어머님 심부름으로 이 세상에 나왔다가, 이제 어머님 심부름 다 마치고 어머님께 돌아왔습니다. _조병화(시인)

나는 아무것도 바라지 않는다. 나는 아무것도 두려워하지 않는다. 나는 자유이므로. _니코스 카잔차키스(《그리스인 조르바》의 저자)

내가 죽으면 술통 밑에 묻어 줘. 운이 좋으면 술통 바닥이 샐지도 몰라. _모리야 센안(일본 선승)

오 래
사 귄
벗

친구 중에는 자주 만나서 좋은 친구도 있지만, 떨어져 있는 것이 더 좋은 친구가 있다. 우정이란 다종다양(多種多樣)한 모습을 띠고 있지만, 가장 좋은 친구는 경험이 많고 오래되어서 허물없는 친구가 아닐까.

우정을 유지하는 것은 새로운 친구를 만드는 것보다 중요하다. 좋은 친구를 오래도록 사귀는 방법을 터득하기란 그리 쉽지 않다. 우정을 키워 나가는 데 제일 중요한 것은 어떻게 상대의 장점을 끌어내느냐 하는 것이리라. 여기에는 독자적인 지혜가 필요하다.

오래오래 변함없는 우정은 만족감을 줄 뿐만 아니라 사람을 고무(鼓舞)하는 힘이 있다. 처음에는 미숙하더라도 오래가는 친구를 찾아야 한다. 친구가 없는 것처럼 쓸쓸하고 적막한 일이 어디 있겠는가.

친구를 갖는다는 것은 또 하나의 인생을 갖는 것이다. 어떤 친구든 나의 인생에 반드시 도움이 된다. 서로 나눌 것이 많을수록 배우는 것도 많다. 상대에게 무엇인가 조그만 것이라도 물심(物心)으로 주고 싶어 하는 마음 — 그것이 우정의 씨앗이 아닐까.

나의 행복을 바라는 친구를 대할 때는 항상 예절과 경의(敬意), 이해를 갖추도록 노력할 일이다. 처음엔 그리 가깝지 않던 사이라도 마음속으로 관심을 가질 만한 사람이면 편안한 마음으로 사귀어 가는 동안 신뢰의 싹이 자란다. 한 사람의 좋은 친구를 갖는 것은 인생행로에서 수많은 사람을 만나 호의를 얻는 것보다 값지다.

겉으로만 친구인 경우도 있다. 좀처럼 마음을 줄 수 없는 친구와는 우정이 오래가기 어렵다. 최악의 경우에는 적(敵)이 될 수도 있다. 헤어져야만 할 때는 노여움을 삭여 가며 파탄에 이르지 않도록 자연스럽게 헤어지는 지혜가 필요하다. 친구든 적이든 인간관계에서 파탄만은 피해야 할 일이다.

견식(見識)이 깊은 사람일수록 적을 비난하지 않는다. 적이기 때문에 한층 후대(厚待)하기도 한다. 모욕을 유머로 받아넘기는 여유에서 그 사람의 품격을 읽을 수 있다. 인생의 비결에 통달하면 악의를 신뢰로 전환시킬 수도 있으리라.

(2008. 11)

::
모두에게 친절하되, 소수와 가까워지고 그 소수를 신뢰하기 전에 먼저 잘 시험해 보라. 진정한 우정이란 천천히 자라는 식물 같아서 이름을 지어 주기 전에 역경을 겪고, 이겨 내야만 한다. _조지 워싱턴

존경
받으려거든

　존경받는 사람이 되려거든 먼저 그렇게 되겠다고 다짐하고, 이를 위해 꾸준히 노력해야 한다. 그런 노력 없이 어찌 존경받는 사람이 될 수 있으랴.

　먼저 뜻이 있어야 길이 보인다. 보통 정도의 지력(知力)이 있는 사람이라면 능력을 계발하고 집중력을 배양하며 노력을 게을리하지 않으면 시인이나 정치가는 몰라도 되고 싶은 사람이 될 수 있지 않을까. 무엇을 해야 하는지 마음속으로 알고 있으면서도 하지 못한다면 그것은 게으름 이외에 아무것도 아니리라.

게으른 사람은 조금만 어렵거나 귀찮은 일이 생겨도 바로 손을 놓아 버린다. '할 수 없다'고 생각하고 "할 수 없다"고 말한다. 이런 사람에게 '어려운 것'은 곧 '불가능한 것'이다. 허나 이 세상에 가치 있는 것치고 다소 어렵지 않은 것이 어디 있겠는가.

하찮은 일로 온종일 분주하게 쏘다니는 사람을 자주 본다. 이런 사람은 누구와 악수를 하더라도 상대의 얼굴은 보지 않고 오히려 외면하면서 손을 내민다. 상대의 인격을 보려는 생각은 애초부터 없는 것이다. 이런 사람은 어떤 모임에나 부지런히 찾아다니지만 한 모임에 끝까지 앉아 있는 법이 없다. 무슨 핑계라도 대어 도중에 빠져나간다.

이처럼 주의가 산만한 사람은 대체로 생각이 모자란 사람이든가 마음이 한곳에 있지 않은 사람이다. 어쨌든 이런 사람들과는 같이 앉아서 즐거울 리가 없다. 그러한 사람은 여러 면에서 예(禮)에도 어긋난다.

아무리 훌륭한 사람이라 하더라도 실제로 존경받기 위해서는 어떤 종류의 위엄(威嚴)이 있어야 한다. 위엄 있는 태도란 존대(尊大)하거나 거만한 것과는 다르다. 오히려 상반된다고 할 수 있다. 일부러 남의 비위를 맞추려는 사람이나 이와 반대로 아무 일에나 꼬투리를 잡아 말썽을 만드는 사람들에게서는 위엄을 찾을 수 없다.

자기의 의견(意見)을 겸손하면서도 분명하게 말하고 상대의 말을 선입감 없이 받아들이는 태도 - 이런 것이 위엄 있는 태도가 아닐까.

(2010. 6)

철 의   여 인
서 거

영국의 전 수상, 마거릿 대처(Margaret Thatcher, 1925~2013)의 부음을 듣고 새삼스럽게 생각나는 것은 그녀의 별명, '철(鐵)의 여인'이었다. 현대 정치가의 별명이 이처럼 온 세계에 알려진 예가 있었을까. 그리고 이만큼 그녀에게 적합한 별명이 또 있을까.

'철의 여인'이라고 이름 붙인 것은 옛 소련의 '붉은 군대' 기관지였다. 냉전이 깊어져 대처를 향한 소련의 위협이 현저했을 무렵이다. 대처는 "나는 그동안 사정에 어두워서 소련이 나를 그처럼 유럽의 가장 강력한 적수(敵手)로 받들어 모신 것을 이제야 알게 되었다"고 익살스럽게 화답하였다.

나라가 '영국병'에 신음하던 시절 대처는 대담한 정책으로 영국을 변혁하고, 동서냉전을 종결시키는 데 중요한 역할을 담당하였다.

주위와의 마찰이나 비판을 무릅쓰고 많은 경제개혁을 해 낸 대처이지만, 자신의 궁극적인 목적은 국민의 정신을 바꾸는 것이라고 하였다. 기업가 정신이 넘쳐흐르고 개개인의 경제 활동이 정당한 보상을 받는 사회야말로 이상적인 사회라고 하였다.

그녀는 때로 노동자들로부터 '냉혈 인간'이라고 공격받기도 했다. 그러나 '철의 여인'은 미동도 하지 않았고, 인기에 영합하지도 않았다.

계급 사회인 영국에서 그는 잡화상을 경영하던 부모 아래 태어났다. 그러나 자신의 계급을 지지 기반으로 하는 노동당이 아니라 돈 많은 신사들이 이끄는 보수당에 뛰어들어 정상에까지 올랐다. 혁명적인 정치가, 영국 최초의 여성 수상이 되어 국가의 토대를 구축한 공로는 크다. 영국의 부활을 위해서 대처가 선택하고 일관한 기본적인 정치 자세는 '나라의 부(富)를 낳는 것은 정부가 아니라 기업이나 개인의 자유로운 활동'이라는 것이었다.

마거릿 대처는 우리 나이로 88세에 세상을 떠났다. 강경하면서도 품위가 있었던 그는 한때 지지율이 20퍼센트까지 떨어지기도 했으나, 결국 3선에 성공하여 11년을 집권했다. 아마 그의 강렬한 애국심 덕분이었으리라.

현 영국 수상 캐머런은 대처를 애도하는 특별 성명에서 그녀의 공적을 높게 평가하며 "그녀는 단지 영국을 이끈 것이 아니라 영국을 구했다"고 추모했다.

경제의 세계화로 한 나라의 힘이 상대적으로 약해지고 있는 오늘날, 많은 나라의 정치가들이 '대처이즘'에 이끌리고 있는 것은 뜻깊게 살펴봐야 할 대목이 아닐까 한다.

(2013. 6)

::
생각을 조심해라. 말이 된다. 말을 조심해라. 행동이 된다. 행동을 조심해라. 습관이 된다. 습관을 조심해라. 성격이 된다. 성격을 조심해라. 운명이 된다. 우리는 생각하는 대로 된다. _마거릿 대처

역 사 상 가 장
아 름 다 운
기 념 비

2001년 9월 11일 미국 뉴욕의 월드트레이드센터 테러 직후, 현장에는 믿기 어려울 만큼 가슴을 울리는 기념물들이 탄생하였습니다. 희생자들의 넋을 기리는 꽃다발, 편지, 당시의 사진 등이 여기저기 놓였고, 그중에서도 행방불명자를 찾는 포스터들은 보는 이의 눈물을 쏟게 했다고 합니다.

역사의 현장으로 사람들을 끌어들여 숙연하게 하고 감동을 일으키는 기념비. 뉴욕 시민들은 그 기념비를 세우는 일로 흥분해 있다고 합니다.

"미국 역사상, 아니 세계 인류 역사상 최고로 아름다운, 최고로 엄숙한 기념물을 세워야 한다."

이 말에 이론(異論)이 있을 리가 없지요. 다만 이번의 기념물은 어떤 권력 기관이나 큰 부자가 세우기보다는 9·11 테러의 희생자들을 기리는, 보통 사람들의 마음속에서 자연스럽게 우러나는 솔직한 순정을 나타내는 것에 큰 뜻이 있을 테지요.

건축가이자 조각가인 마야 린(Maya Lin)이 워싱턴 D. C.의 베트남 참전 기념비의 설계 경쟁에 당선되었을 때, 그녀의 나이는 스물한 살, 예일대에 재학 중이었지요. 지금 그녀는 "너무 서둘 것이 아니라 좀 더 때를 기다리는 것도 중요하다"고 말하고 있습니다.

비엔나에 있는 홀로코스트(Holocaust) 기념관은 그 주변 환경과 잘 조화를 이루고 있다고 합니다. 도서관을 모티브로 했기 때문에 정적(靜寂)과 침묵의 이미지가 전해집니다.

워싱턴에 있는 링컨 기념관 옆에는 한국전쟁에 참전했던 병사들의 기념물이 있습니다. 거기에는 그 당시의 미국 대통령이나 우리나라의 이승만 전 대통령의 얼굴은 보이지 않습니다. 자유와 민주주의를 지키기 위해 싸우다 숨진 병사들의

101

행진이 있을 뿐입니다.

기념비의 역할은 사람들을 역사적인 현장에 끌어들여 사실(史實)을 보여 주는 것이지요. 그러고 나서 그 역사를 어떻게 받아들이느냐, 마음에 새기느냐 하는 것은 모두 기념비를 보는 각자가 알아서 결정할 몫일 테지요.

역사상 가장 아름다운 기념비의 탄생을 기다리는 것이 어찌 미국 사람들뿐이겠습니까. 이 시대의 자유와 번영, 평화와 민주주의를 찬동하는 모든 이의 소망입니다.

(2002. 11)

::

참혹했던 사건 현장에는 9·11 테러 추모공원이 들어섰습니다. 이스라엘 출신 건축가 마이클 아라드가 설계한 이 공원의 이름은 '부재의 반추(Reflecting Absence)'입니다. 쌍둥이 빌딩이 있었던 자리에는 두 개의 사각형 풀(Pool)이 설치됐습니다. 3천여 명의 희생자들의 이름은 이 풀 주위 난간의 동판에 한 명 한 명 새겨졌습니다. 9·11 테러 박물관과 새로 지어지는 원 월드트레이드센타는 내년에 문을 열 예정이라고 합니다.

되풀이 읽는 행복

사색(思索)과 독서의 계절, 가을이 왔습니다. 어떤 책을 읽을까 생각해 봅니다. '시시한 책 백 권을 읽는 것보다는 좋은 책 한 권을 백 번 읽는 것이 훨씬 낫다'는 말이 있지요. 또 아무리 소설이 재미있다 해도 역사적인 사실의 박력에는 당하지 못한다는 말도 있습니다.

본시 사람은 사람 그 자체에 대하여 무한한 흥미와 관심이 있지요. 인간을 탐구하는 재미를 구체적으로 가르쳐 주는 책으로 《십팔사략(十八史略)》을 꼽습니다. 이 책에 나오는 인물의 수는 무려 4,517명, 그리고 그들의 경력도 모두 다르다고 하지요. 그래서 이 책을 읽으면 '인간학'을 절로 터득할 수 있다고 했습니다. 오랜 중국 역사 속에서 옷감을 직조하듯이 차곡차곡 짜 내린 장대한 '사회극(社會劇)'이 바로《십팔사략》이니까요.

20세기 대표적인 프랑스의 철학자 알랭(Alain, 1868~1951)은 이런 말을 했습니다.

"내가 애독한 소설가는 발자크, 스탕달, 디킨스, 톨스토이, 조르주 상드 등 극히 소수이지만 되풀이해서 철저하게 읽었다. 그 속에서 나는 윤리, 정치, 철학 등 모든 것을 섭취할 수 있었다. 나는 발자크의 작품을 읽음으로써 여러 철학 책에서보다 훨씬 많은 것을 배울 수 있었다. 왜냐하면 그가 소설 속에서 체험한 모든 것이 나에게도 상세하게 전해졌기 때문이다."

알랭의 제자 가운데는 소설가 앙드레 모루아(André Maurois, 1885~1967)도 있었지요. 두 사람이 나눈 사제 간의 정의(情誼)는 정녕 아름다운 것이었다고 전해집니다.

알랭은 말했습니다. "나는 철학가를 키우려 한 것이 아니라 '실천'이라는 면에서 완전한 인간을 만들어 보려 했다"고.

알랭의 저서 중에 특히 《행복론》이 유명하지요. 여기서 그는 "행복은 추구하는 것이라고 하지만 실은 인간은 날 때부터 행복을 타고난다"고 했습니다.

움직이지 않으면 아무것도 생겨나지 않는다. 움직여야 한다. 거기에는 고생이 따를지 모르지만 그 고생이야말로 행복의 일부이다. (……) 경주하는 자에게는 달리는 행복이 있지만 구경하는 자에게는 그저 바라보는 재미가 있을 뿐이다.

이렇듯 알랭이 생각하는 행복은 기대하는 것이 아니라 실제로 행하여 맛보는 것이었습니다.

같은 책을 여러 번 읽고, 다시 읽을 때마다 새로이 깊은 뜻을 발견하는 것. 위대한 문학은 큰 바다와 같은 것이라 했습니다. 아무쪼록 독서의 계절, 행복의 계절이 되시기를 빕니다.

(2011. 10)

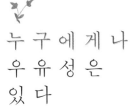

누구에게나
우유성은
있다

내가 젊었을 때 유행하던 말이 있었다. 로맨틱 아이러니 (romantic irony). 하는 일 없이 빈둥빈둥 논다는 뜻으로, 대부분의 젊은이가 마땅한 일터나 직장이 없었던 시절, 쓰린 속을 달래려 만들어 낸 말이었다.

지금은 누구나가 정신없이 분주한 세태가 되었다. 수시로 휴대전화 벨소리가 들려오고, 어디에 가든 언제 어느 때이든 이메일이나 인터넷 뉴스를 체크하느라 바쁘다.

뇌 과학에서 쓰는 용어 중에 우유성(偶有性, contingency)이라는 것이 있다고 한다. 우유성이란 예상할 수 있는 것과 예상할 수 없는 것이 섞여 있는 불확실한 상태를 말한다. 인생에 무엇이 일어날지 모르는 것, 바로 그것이 우유성이다. 인간의 뇌는 그러한 우유성을 먹고 자란다고 한다.

긴 인생을 살아가는 동안 우유성을 받아들이고 즐길 수 있게 된다면, 평생 무서운 것이 없으리라. 무엇보다 우유성이란 개개인의 사회적 입장이나 경제적 상황과는 별개로 누구나가 다 가지고 있음을 알아 둘 필요가 있다. 타인과 비교하며 혹시라도 갖게 될지 모르는 열등감은 인생의 우유성을 즐기는 데 큰 방해가 된다. 그러므로 열등감은 애당초부터 버려야 한다.

우유성을 살리고 있느냐 아니냐를 판별하는 기준은 두 가지다.

첫째, 당신은 인생의 불확실성을 즐기고 있는가. 자기 인생이 어떻게 될지 알지 못하는 것을 비관하는 게 아니라 오히려 즐기고 있는가. 자신이 목표로 삼고 있는 일을 해낼지 여부는 알 수 없지만, 하는 일을 즐기면서 살고 있다면 우유성을 잘 살려 가는 사람이다. 한편 앞으로의 삶이 불안해서 안절부절못한다면 우유성을 잘 살리지 못하고 있는 사람이다.

둘째, 당신은 어린이처럼 살고 있는가. 우유성을 즐기는 가장 높은 단계를 알고 싶다면 어린이들이 놀고 있는 모습을 보면 된다. 정신없이 노느라 해가 지는 것도 모르는 상태. 공부든 운동이든 그 어떤 일이든 그러한 어린이와 같은 상태가 된다면, 뇌의 잠재 능력을 가장 잘 살리고 있는 것이다.

나이가 몇 살이든, 저녁 해가 질 때까지 정신없이 놀고 있는 어린이와 같은 기분으로 살아가는 것, 이보다 더한 행복이 또 있으랴.

(2010. 5)

의 지 력,
인 생 을
변 화 시 키 는 것 !

의지력(意志力)이란 주의력, 충동이나 욕망 등을 제어하는 능력을 말한다. 흔히 사람들은 그런대로 나 자신을 제어하고 있다고 생각하면서도 내심 '나는 왜 이렇게 의지력이 부족할까' 하는 때가 적지 않다. 자신의 의지력이 강하다고 생각하는 사람일수록 유혹을 느꼈을 때 자제심을 잃어버리기 쉽다는 연구결과도 있다.

사람들이 뜻하는 목적을 달성하지 못하는 가장 큰 이유는 무엇일까. 그것이 바로 '의지력의 부족'이라고 생각하여 '의지력의 과학'이라는 강좌를 개설한 대학이 있다. 미국 스탠

퍼드 대학의 켈리 맥고니걸(Kelly Mcgonigal) 교수는 심리학, 경제학, 신경과학, 의학 분야의 자제력에 관한 최근 연구결과를 통합하여 '어떻게 하면 오래된 버릇을 버리고 건강한 습관을 터득할 수 있을까', '어떻게 하면 차일피일 미루거나 꾸물대지 않고 실천할 수 있을까', '결정한 다음에는 스트레스를 잘 견뎌 내기 위해 어떻게 하는 것이 좋을까', '우리는 어째서 유혹에 빠지는가. 유혹에 흔들리지 않고 줏대를 지키는 방법은 없을까' 등을 해명하고 있다. 그리고 자기절제의 한계를 이해하는 것이 왜 중요한지 보여 주며, 의지력을 단련하는 최고의 전략을 소개하고 있다.

우리 한 사람 한 사람 안에는 여러 명의 '나'가 존재한다. 목전의 쾌락을 좇아가려는 자신도 있고, 보다 소중한 인생의 목표를 잊지 않으려는 자신도 존재한다. 우리는 날 때부터 쉽게 유혹에 끌려가는 면이 있는가 하면, 또 한편으로는 이에 저항하는 힘도 갖고 있다. 스트레스를 받거나 공포를 느끼고 이성을 상실하는 것도 인간적인 것이지만, 꾹 참아 가며 냉정함을 유지하는 것, 만사를 신중히 생각하여 선택하는 것 또한 인간적인 것이다.

자기절제란 이처럼 자기 안에 있는 여러 명의 '나'를 이해하는 것으로, 전혀 다른 사람으로 태어나는 것이 아니다. 자기 안에서 서로 갈등하고 있는 여러 명의 자신을 다 받아들여서 화합시키는 일이 바로 자기절제이다.

자기절제를 강화하는 비결이 있다면, 과학적인 것으로는 단 한 가지, 주의력이다. 즉 행동을 선택할 때는 그것을 확고하게 의식하고, 만용을 부리거나 타성에 따라 행동하지 않도록 주의하는 것이다. 자신이 진정 바라는 것이 무엇인지 잊지 않고, 또 어떻게 하면 그것을 만족할 수 있을지를 가리는 것. 이러한 자기인식은 언제나 힘이 되어 준다.

온갖 인간적인 모순 가운데서 유혹이 가득한 나날을 살아가고 있는 현대인들에게 의지력이야말로 스스로를 지킬 수 있는 최선의 방법이리라.

(2013. 11)

3...

문제를
내는
삶

지혜란 내가 있는 자리가 어디인지 끊임없이
물어보는 것입니다. 알고 싶은 생각이 없어질 때
나는 죽은 겁니다.

_빌리 코널리(Billy Connolly)

세 갈래
길

네덜란드의 역사학자 하위징아(Johan Huizinga, 1872~1945)
는 "모든 시대에는 이상적 삶에 이르는 세 갈래 길이 있다"고
말했다. 그 세 갈래 길이란 무엇일까.

첫 번째 길은 이 세상을 부정, 혼탁으로 뒤덮인 고난, 고통
의 세계로 규정하고, 이런 곳에서 행복하기를 바라는 소망을
버리는 것이다. 종교적 열정으로 아름다운 피안(彼岸)을 지향
하며 살아가는 길이다.

두 번째 길은 첫 번째 길과는 반대로 이 세상, 차안(此岸)
에 이상적인 사회를 만들려는 뜻을 가지고 살아가는 길이다.

즉, 이 세상을 살기 좋은 세상으로 개선하며 완성시켜 가려는 것이다. 아마도 그러한 삶을 원하지 않는 이는 없으리라. 그러나 이미 만들어져 있는 인간 사회를 어떻게 변혁하여 유토피아로 만들 것인가. 더구나 개개인의 연약한 힘을 돌이켜 볼 때 누구도 이룰 수 없는 꿈이라고 여긴다 해도 탓할 수는 없으리라.

세 번째 길은 '보다 아름다운 세계'로 가는 길이다. 아름다운 세계에 마음이 이끌리고 그곳을 향하는 마음은 현실 생활에서 어떤 모습으로 나타날까. 생활의 모양새가 예술적으로 변화해 간다면, 생활 그 자체가 아름다워지고 사회도 한층 명랑해질 것이다.

그런데 만약 세상 사람들이 첫 번째, 두 번째 길만을 선택했다면 우리가 사는 세계는 지금 어떤 모양새가 되어 있을까. 세 번째 길을 걸어온 사람들이 있었기 때문에, 또 지금도 그러한 사람들과 같이 살아가고 있기에 그나마 이 세상 살아갈 만한 것이 아닐까.

인생은 예부터 가시밭길이라 했다. 그 가시밭길을 깊은 상처를 무릅쓰고 걷는 이들이 있다. 오직 진리를 찾아 한길로 걸어가는 사람들……

나에게 세 갈래 길 중 하나를 택하라면, 나는 서슴지 않고 세 번째 길을 거닐고 싶다. 해는 저물었지만.

(2009. 10)

자 문
자 답

겨울인데도 유난히 따뜻한 날씨입니다. 햇빛을 즐기면서 이런 일 저런 일 두서없이 생각나는 대로 자문자답하며 산책로를 걸어갑니다.

젊었을 때는 일상생활보다 이상(理想)이나 주의(主義), 주장(主張)이 앞서고, 나 자신의 영달보다는 민족, 국가의 앞날을 걱정했건만, 여든을 넘어서고 보니 젊은 날 생각했던 가치(價値)가 역전되는 느낌이 듭니다. 평범한 일상생활이 생명의 근본임을 깨닫습니다.

금년은 선거의 해이기도 하지요. 그래서인지 사람마다 나라 걱정이고, 참된 지도자를 갈망하는 기운이 팽배합니다. 이럴 때 '우리나라에는 원로(元老)가 없는가' 하고 개탄하는 이도 많습니다. 나라가 어지러운 것은 인재가 부족하기 때문이 아니라 인재가 있어도 인재를 쓸 만한 구조나 메커니즘이 기능하지 못하기 때문이 아닐까, 흥성하는 나라에 비하면 적을지 모르나 뛰어난 인재가 있을 텐데 하고 중얼거리기도 합니다.

선거 때마다 또는 나랏일이 걱정될 때마다 혼자 중얼거리는 금언(金言)이 있습니다.

"신은 정의로운 자를 강하게 할 수 없기에 강한 자를 정의로운 자로 만들려고 하였다."

이것이 슬픈 정치역학(政治力學)이 아니겠습니까.

"신이여! 오는 선거에는 부디 올바른 자를 강하게 하여 주소서!" 중얼거리며 또 걸어갑니다.

새해가 되어 나도 한 살을 더 먹게 되었습니다. 나이를 먹는다는 말은 그저 나이를 더한다는 의미는 아닌 것 같습니다. 네 살, 다섯 살 되었다고 해서 어린애더러 나이 먹었다고는 하지 않으니까요.

나이를 먹는다는 것은 역시 노령에 접어들어 한 해, 또 한 해 늙어 간다는 뜻일 테지요. 사람마다 연령에 따른 이미지도 생겨납니다. 예순이 되면 그 나름의 모습이 생기고, 일흔에는 그전에 볼 수 없었던 풍채가 갖추어지고, 여든에는 다시 품격이 더해지고…….

어느 때부터인가 나이의 윤곽이 무너졌습니다. 나이란 단지 숫자가 아니라 그 인생의 질(質)에 관한 것이라고 여겨지기도 합니다. 지금의 나는 먼저 가신 훌륭한 선배, 스승보다 나이를 더하였건만 그 어른들의 삶의 질은 따라가지 못하고 있으니…….

(2007. 3)

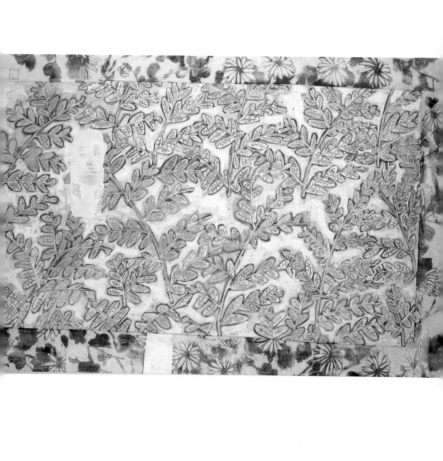

지
혜

조용한 눈, 의젓한 미소, 찌푸린 얼굴……. 지금 내가 보고 있는 책의 주인공들의 모습입니다. 제목은 'Wisdom(지혜)'. 나는 지금 이 책에 나오는 인물들의 표정, 그들이 남겨 놓은 말들을 되풀이 새기면서 그들과 함께 있습니다.

이 책은 한 사람이 체계적으로 쓰거나 완벽하게 앞뒤를 정리하여 매듭지은 것이 아닙니다. 화려한 수상 경력을 가진 사진작가이자 영화감독인 앤드루 저커먼(Andrew Zuckerman)이 세계의 저명한 작가, 미술가, 디자이너, 배우, 건축가, 음악가, 종교 지도자, 정치인, 기업인 등 51명을 직접 만나 그 육성과 모습을 담은 책입니다.

"후세에 물려줄 가장 소중한 선물은 우리의 지혜입니다"
라고 말한 데즈먼드 투투(Desmond Tutu) 대주교의 말이 이 책
의 뼈대가 될 수 있겠지요.

• 지혜란 내가 있는 자리가 어디인지 끊임없이 물어보는
것입니다. 알고 싶은 생각이 없어질 때 나는 죽은 겁니다.
설사 (살아서) 걸어 다닌다 해도.　　　_빌리 코널리(Billy Connolly)

• 사람은 성장하고 있거나 썩어 가고 있거나 둘 중 하나입
니다. 중간은 없어요. 가만히 있으면 썩어 가고 있는 겁니다.

_앨런 아킨(Alan Arkin)

• 무리한 야망을 키우지 마세요. 그 해 그 해 가장 중요하
다고 생각하는 일만 하세요. 그러면 커리어는 절로 굴러갑
니다.　　　　　　　　　　　　　　　_헨리 키신저(Henry Kissinger)

• 문제를 풀기보다 문제를 내는 것이 훨씬 재미있어요.

_척 클로스(Chuck Close)

• 문화 없이 인간 사회는 존속할 수 없어요.

_바츨라프 하벨(Vaclav Havel)

• 무엇보다도(무슨 일에든지) 냉소적이지 마세요.

_개럿 피츠제럴드(Garret FitsGerald)

• 음악은 어떤 장벽도 넘어갑니다.   _라비 샹카르(Ravi Shankar)

• 요리야말로 사랑의 행위죠.   _자크 페팽(Jacques Pépin)

• 연극이 사람들을 분별 있게 해주지요.

_바네사 레드그레이브(Vanessa Redgrave)

• 적(敵)을 알아야 합니다. 적의 역사, 적의 문화, 적의 열
망. 이런 것들을 잘 알고 나면 십중팔구 평화로 나아갈 수
있습니다.   _즈비그뉴 브레진스키(Zbigniew Brzezinski)

마디마디 가슴에 와 닿지 않는 말이 없습니다. 사람마다
감동하는 데는 차이가 있을 테지만 영겁(永劫) 선상에서 보고
느끼며 살아가고 있는 사람들에게 배우지 않고서는 자기 자
신을 만들어 갈 수가 없습니다.

젊었을 때 감동하여 잊지 않았던 시(詩) 한 수, 그것은 그
사람과 평생 같이 살아가지요. 삶을 이끌어 가는 밧줄이 되
니까요.

(2009. 11)

화가
방혜자

만천하에 빛나는 수많은 별을 바라보면서 우주를 생각하고, 지금 여기, 이 순간을 살고 있는 나 자신의 존재를 생각해 본다.

언젠가 무인 우주선에서 지구(地球) 기지로 보내온 몇 장의 영상을 본 적이 있다. 그중에는 65억 광년 떨어진 곳에 있다는 어떤 은하의 영상 – 그러니까 지금으로부터 65억 년 전 우주의 모습을 전해 온 것이 있었다. 그 영상은 별의 빛이 지구에 도달하기까지 65억 년이 걸린다는 사실을 증명하고 있었으니, 실로 범인(凡人)의 상상력을 초월하는 것이었다.

무수히 많은 별로 이루어진 우주를, 그 별에서 보내온 빛을 그리는 화가가 있다. 프랑스 파리에서 창작하고 있는 화가 방혜자(方惠子). 그는 언제나 우주를 보고 있다. 그의 그림은 천체 관측의 소산이다. 내가 소장한 그의 그림 속에는 달이며 북두칠성이며 다이내믹한 별들의 운행이 담겨 있다.

방혜자는 고국에 올 때마다 사찰을 찾는다. 큰 절, 작은 절을 찾아가 며칠이고 그곳 스님들과 함께 있기를 좋아한다. 그곳에서는 하늘의 별을 잘 볼 수 있기 때문인가, 아니면 우주의 실체를 부처님께 물어보기 위함인가.

부처님은 오늘날과 같은 천체 망원경이 없을 때부터 이미 우주의 실체를 알고 계셨는지 모른다. 상상을 초월할 정도로 광활한 우주와 보잘것없이 미미한 인간 존재의 관계를 부처님은 알고 계시리라 방혜자는 믿고 있는지 모른다.

로댕(Auguste Rodin, 1840~1917)의 일기에는 이런 구절이 있다.

'허공(虛空)은 최대의 풍경(風景)이다.'

방혜자는 바로 그 허공을 판독하려고 애쓰고 있다. 로댕은 이런 글도 남겼다.

'고대의 예술가가 위대한 것은 그들이 자연에 가장 가까이 있었기 때문이다.'

여성 찬미가인 로댕이 살아 있어 연약한 체구에도 불구하고 활화산같이 끓어오르는 그녀의 열정을 조각한다면 '방혜자의 용기'라는 제목의 걸작이 나올 수 있지 않을까.

(2008. 10)

::

빛을 그리는 화가 방혜자 선생은 우리 존재 자체가 빛이라고 말합니다. 삶 속에서 생겨나는 고난은 미움과 욕심 때문에 생기는 것이니, 그런 생각을 버리는 연습을 끊임없이 하다 보면 마음과 몸의 빛을 다시 찾을 수 있을 것이라고요. 그리고 자신에게는 그 수행의 과정이 바로 '그림'이라고 합니다.

"내가 어릴 때 즐기던 놀이인데, 한번 눈을 감고 눈동자를 꾹 눌러 보세요. 우주와 지구, 행성과 수많은 별 그리고 달무리가 모두 들어 있는 듯 찬란한 빛을 보게 돼요. 우리는 그 빛에서 와서 빛으로 돌아가는 거 아닐까요? 우리 존재는 빛이라고 생각해요. 그 빛의 존재를 믿고 확신을 가지면 몸속의 세포 하나하나를 마음의 빛으로 환원할 수 있지 않을까요?"

시 간 의
여 백

이즈음에는 아무것도 아닌 일에도 즐거움이 느껴지다가, 때로는 쓸쓸한 웃음도 짓게 됩니다. 이러한 때 어른들이 아이들에게 해주어야 할 말은 무엇일까요? 예부터 어른이 주는 존재감이란 무언무위(無言無爲)의 진중한 몸가짐이라고도 했지요.

인생은 한 사람 한 사람에게 장대한 대하(大河) 드라마가 아닐까요. 때로는 그 드라마의 주인공이 되기도 하고, 또 때로는 조연이나 엑스트라가 될 수도 있겠지요. 어찌 되었든 중요한 것은 다른 사람들과의 만남입니다. 자기 자신의 인생도 상대편의 인생도 멋있는 드라마가 될 수 있도록 다른 사람과의 만남을 소중하게 키워 가는 것, 당신 곁에 있는 사람을 편안하고 밝게, 기분 좋게 또는 힘 나게 하는 것이 중요합니다.

친구의 말을 들어준다는 것이 그의 인생에 관심을 갖고 있다는 뜻이겠지요. 주변에 그런 사람, 그런 친구가 있다는 것은 재산이나 사회적 성공을 얻은 것 못지않게 행복한 일이라고 생각합니다. 가족 관계나 대인 관계, 공부나 업무 등 인생에 온갖 의문이 생길 때 가장 도움이 되는 것은 무엇일까요?

나라마다 알게 모르게 사람들의 몸에 밴 문화적 유전자가 있지요. 영국 사람들은 셰익스피어에게, 독일 사람들은 칸트나 괴테에게 문화적 유전자를 물려받았습니다. 대부분의 한국 사람은 공자에게 그와 같은 영향을 받았을 것이라 생각합니다.

《논어》의 첫머리에 나오는 구절은 평생 잊을 수가 없습니다.

배우고 때때로 익히는 것,

이 얼마나 재미있는 것인가.

나를 알아주는 벗들이 멀리서 찾아오니,

이 얼마나 즐거운 것인가.

세상 사람들이 알아주지 않아도 성내지 않으니,

또한 군자가 아니겠는가.

또한 공자는 제자들에게 눈앞의 일에 현혹당하지 말고 긴 안목으로 자기의 인생을 설계할 것을 조언합니다.

"어쨌든 사람은 정직하게 살아가는 것이 제일이야. 진 재간을 부리며 출세하거나 돈을 버는 것을 보면 자기도 그러고 싶은 생각이 들기도 하겠지만, 그런 것을 부러워할 필요는 조금도 없어. 그런 사람들은 지금 어쩌다가 재난을 피하고 있을 뿐이지."

그러면서 그는 "그저 살아가는 것이 아니라 착하게, 정직하게 살아가는 것이 인생의 목적"이라고 가르쳐 주었습니다.

시간의 여백에 느끼는 것을 한 토막 적어 샘터가족에게 드립니다.

(2010. 12)

도 야 지
이 야 기

2007년은 해년(亥年) 또는 저년(猪年), 도야지 해이다.

도야지에 얽힌 이야기도 많다. 멧돼지라고 하면 제일 먼저 떠오르는 것이 저돌맹진(猪突猛進)이다. 앞뒤를 분간하지 않고 무모하게 돌진한다는 뜻이다. 그러나 실제로 멧돼지는 겁이 많은 동물이라고도 한다. 덮어놓고 돌진하는 것이 아니라 무언가가 두렵고 겁이 나서 생리적으로 돌진한다는 것이다. 한편 멧돼지가 싸리 꽃 속에 한가로이 누워 있는 그림[臥猪]은 무사태평을 비는 길상화(吉祥畵)로 꼽힌다.

몽테뉴(Montaigne, 1533~1592)의 에세이에 동물이 사람에게 뒤지지 않는 점들을 소상하게 기록한 대목이 있다. 동물들은 병에 걸리면 스스로를 보살피는 방법을 본능적으로 안다. 염소는 상처를 입으면 수많은 식물 중에서 꽃박하를 찾고, 거북이는 독사에게 물리면 본능적으로 야생초 마요라나를 찾고, 황새는 스스로 소금물 관장제를 투입할 수 있다. 도마뱀의 오줌, 코끼리의 대변, 두더지의 간, 흰 비둘기의 오른쪽 날개 밑에서 얻은 피, 쥐똥의 분말 등이 모두 약이 된다.

다랑어는 어디에 있더라도 동지(冬至)를 맞이한 곳에 춘분(春分)까지 머문다. 또한 무리가 완전한 입방체를 이루어 헤엄쳐 다니는 것을 볼 때 기하학과 산수를 이해하고 있는 것이 분명하다. 개도 변증법의 논리를 약간은 터득하고 있다. 잃어버린 주인을 찾고 있던 개는 먼저 하나의 길, 그리고 다른 하나의 길을 굽어본 뒤에 세 번째 길로 달려갔다. 여기에 순수한 변증법이 있다.

사람에게 가장 천대받는 가축이 초연한 태도로 세계에서 가장 뛰어난 현자(賢者)를 놀라게 한 일화도 있다. 그리스의 철학자 피론(Pyrrhon)은 항해 도중 폭풍우를 만났다. 배가 산산이 부서져 나가지 않을까 모든 승객이 전전긍긍하며 패닉 상태에 빠졌을 때 구석진 곳에서 태연한 표정으로 잠들어 있는 손님이 있었다. 바로 도야지였다.

사람이란 쥐꼬리만 한 지식 때문에 불안과 공포에 떤다. 지식이 없었더라면 '피론의 도야지'처럼 편안할 것을…….

(2007. 2)

이 제 부 터
정 의 를
말 해 보 자

　'정의란 무엇인가'를 묻는 하버드대 마이클 샌델(Michael J. Sandel) 교수의 강의가 국경을 넘어 유럽으로, 일본으로, 또 한국으로 전 세계 젊은 학도들의 가슴을 파고들고 있다. 유머와 지적인 흥분이 넘치는 재치 있는 강의는 천 명이 넘는 청중을 사로잡는다. 극히 비근한 것부터 질문은 시작된다. 다음은 일본 도쿄대 강연 모습이다.

　"일본에서 연수입이 제일 많은 사람은?"

　"이치로(야구 선수)"라는 외침이 일제히 메아리친다.

　"그럴지도 모른다. 이치로의 연봉은?"

"1천8백만 달러."

"그의 평균 타율도 알고 있겠지?"

"3할 3부"라는 학생들의 대답에 "3할 3부 1리가 맞아. 어제 시합에서 두 개의 안타를 쳤거든" 하고 말한 그는 쉴 틈 없이 다음 단계로 넘어간다.

"어느 정도의 격차(格差)라면 사회적으로 용납할 수 있을까. 이치로의 연봉은 일본 교사의 400배, 오바마 미국 대통령의 42배. 이것은 공정한 것일까?"

갑론을박, 공정하다는 측과 그렇지 못하다는 청중으로 갈라진다.

계속해서 질문과 응답이 이어진다.

"지명 수배된 친형을 경찰에 고발할 것인가?"

"가난한 나라에 큰 홍수가 나 많은 사람이 죽게 되었다. 당신들 나라에도 큰 재해가 났다고 하자. 이때 원조금, 원조물자를 둘로 나눌 것인가? 혹은?"

"지금의 미국인은 원자폭탄 투하의 책임을 져야 하는가? 오바마 대통령은 자기가 태어나기 전의 일에 대해서도 사죄해야 할 것인가?"

"100년 전 영국 배가 난파해 선장과 승무원 3인이 표류했다. 그중 잡일을 하던 나이 어린 소년이 가장 먼저 쇠약해졌다. 식량도 다 떨어져 선장은 '누구 한 사람 죽여서 나누어 먹자'고 제안했다. 선장은 그 어린 소년을 죽이고 세 사람의 목숨을 살렸다. 그 후 그는 체포되어 재판관 앞에 섰다. 당신이 재판관이라면 그를 도덕적으로 용서할 것인가, 아니면?"

의견이 서로 대립하는 문제를 이성적인 대화로 풀기 위해, 이러한 대화가 가능한 사회를 만들기 위해 무엇이 필요할 것인가. 철학을 일방적으로 주입하는 것이 아니라, 일상에서 직면할 수 있는 도덕적 딜레마와 결부하여 그 해답을 자기 나름대로 생각해 내도록 유인해 가는 매력에 흠뻑 빠져 본다.

(2010. 11)

::

미국에서 10만 부 남짓 팔렸던 마이클 샌델의 책 《정의란 무엇인가》가 우리나라에서는 인문학 서적으로는 드물게 100만 부를 돌파하였습니다. 월스트리트저널은 이 현상에 대해 주입식 강의 위주인 한국 사회에 주고받기 식 교수법을 보여 준 것과 관계있다면서, 더불어 한국 국민들의 공정성에 대한 욕구가 그만큼 크다는 것을 시사한다는 분석을 내놓은 바 있습니다. 마이클 샌델 열풍은 가라앉았지만, 그가 우리 사회에 남긴 숙제는 여전히 현재 진행형으로 남아 있습니다.

지 도 자,
리 더 십 이 란 ?

가장 훌륭한 지도자란 어떤 사람일까. 일찍이 노자(老子)는 다음과 같이 지도자의 순위를 매겼다.

최고의 지도자란 백성들이 그 존재는 알지만 굳이 훌륭하다거나 무섭다고 의식하지 않는 자연스러운 존재이다. 그다음이 백성들에게 존경과 사랑을 받는 친근감 있는 지도자, 세 번째가 백성들이 두려워하는 지도자이다. 그러나 이런 지도자는 그나마 나은 편에 속한다. 지도자로서 가장 하치는 백성들에게 멸시당하는 자이다. 그런 사람은 지도자로서 실격이라 하였다.

여기서 하나의 의문이 생겨난다. 무섭고 두려운 지도자가 되기보다 친근감을 주는 쪽을 택할 것인가, 또는 그 반대를 택할 것인가.

사람들은 이 두 가지를 겸비한 지도자를 바랄 테지만, 아마도 그런 지도자는 찾기가 어려우리라. 그래서 둘 중 하나를 택한다면 친근한 지도자보다 무서운 지도자를 택하는 편이 안전하다고 한 사람이 있다. 그가 바로《군주론》의 저자 마키아벨리이다. "군주는 자신을 두려운 존재로 만들되, 사랑을 받지는 못하더라도 미움받는 일은 피해야 한다"고 했다.

그렇다면 오늘날, 21세기의 지도자에게 요구되는 자질은 무엇일까. 이와 관련해 새로운 지도자론으로 주목받고 있는 학자가 있다.

하버드대 케네디스쿨 석좌교수인 조지프 나이(Joseph S. Nye Jr.) 박사이다. 그는 권력에는 하드 파워(hard power)와 소프트 파워(soft power)가 있다고 말한다.

하드 파워는 권력을 배경으로 채찍과 감언이설로 다스린다. 한편 소프트 파워는 상대방의 마음을 끌어당기는 힘을 말한다. 우수한 리더는 소프트 파워와 하드 파워를 숙련된 기술로 융합한다. 그는 이를 스마트 파워, 스마트 리더십이라 명명하였다. 좋은 지도자란 유능하고 도덕적인 인물을 말한다.

나이 교수는 성공에는 행운이 따라야 한다지만 좋은 리더는 자기의 운명을 예견할 수 있다고 하였다. 또한 "리더십은 학습이 가능하다", "타고난 소질만이 아니라 자라온 환경에도 의존한다"고도 하였다.

리더란 집단의 목표를 명확하게 밝혀야 한다. 효과적으로 조직을 운영하기 위해 리더에게 필요한 것은 통찰력, 대인관계를 이끌어 나가는 기술이다. '나'와 '너'를 '우리'로 끌어올려야 한다.

나이 박사의 주장 중에서도 가장 주목할 만한 것은 '상황 파악의 지성'이란 대목이다. 다면적인 상황을 정확하게 파악하여 이에 대처하는 유연한 발상, 이것 없이 현대의 리더십은 성립될 수 없다고 하였다.

나라의 운명을 좌우할지도 모르는 연말 대통령 선거를 앞두고, 우리 지도자들이 생각하고 또 생각하면서 역사에 남을 위대한 리더십의 선례를 남기기를 바란다.

(2012. 11)

::
리더는 큰 파도를 기다렸다가 올라타는 서퍼(surfer)와 같다. 개인이 파도를 통제할 수
는 없어도, 파도타기를 할 수는 있는 것처럼 개인이 사건이나 구조를 통제할 수는 없
지만, 그것을 예견하고 기다렸다가 어느 정도 자신의 목적을 위해 이용할 수는 있다.
(……) 파도가 다가올 때, 그 파도를 이용할 수 있는 직관과 기술을 갖는 것이 리더에게
는 매우 중요하다. _조지프 나이, 《리더십 에센셜》 중에서

덕 담 을
나 누 며

내 나이 70대 때만 해도 정초에는 세배(歲拜) 다닐 선배, 스승이 있었다. 그러나 이제 80줄 중턱에 들어서니, 그럴 만한 분도 모두 타계하여 허전하기 그지없다. 비록 유명을 달리했어도 그분들과 나누었던 이야기는 아직도 뇌리에서 사라지지 않고 남아 있다.

정초에 만나면 서로 덕담을 주고받는다. "새해 복 많이 받으세요." "새해에는 더욱 건강하세요." "새해에는 소원 성취하세요." 틀에 박힌 말이지만 새해 새 아침에 주고받는 인사말에는 사람마다의 선의(善意)와 예의(禮意)가 담겨 있어 훈훈한 공기를 만들어 낸다.

지금도 잊지 못하는 덕담이 많다. 새해 인사를 주고받은 다음 집으로 돌아가는 길에도, 마음 한구석에 남아 몇 번이고 생각하게 하는 말들도 있었다.

"나이를 먹었다고 해서 현명해지는 것은 아니다. 만사에 조심성이 깊어지는 것뿐이다"라는, 헤밍웨이(Ernest Hemingway, 1899~1961)의 소설 《무기여 잘 있거라》에 나오는 대사가 화제에 오르기도 하였다.

"인생에서 소중한 것은 사랑과 용기와 궁색하지 않을 징도의 돈이다"라고 한 찰리 채플린(Charles Chaplin, 1889~1977)의 말은 나이를 먹을수록 실감이 간다.

"어느 정도 노인을 닮은 청년이 좋아. 그리고 나이를 먹었어도 젊음을 간직한 노인이 좋아"라고 한 고대 로마의 정치가 키케로(Marcus Tullius Cicero, B.C.106~43)의 말은 몇천 년이 흘렀어도 살아 있다.

망년지교(忘年之交)라는 말이 있다. 젊어서는 노인과 어울리고 늙어서는 젊은이와 친구가 된다면, 이보다 행복한 인생이 어디 있으랴.

"성해(聲咳)에 접한다"라는 말도 있다. 직접 뵙는다는 뜻이다. 매력 있는 사람, 훌륭한 사람은 대화 없이 마주하는 것만으로도 인간적인 영향을 받는다. 누구든지 존경하는 사람과 마주 앉았던 사람이라면 참 교육이란 어떤 것인가를 느꼈으리라.

그 어른의 말씀, 다시 한 번 듣고 싶은 그 말씀이 두고두고 마음에서 지워지지 않는다.

(2008. 2)

돈 을
벌 때 와
쓸 때

데일 카네기(Dale Carnegie, 1888~1955)가 쓴 세계적인 베스
트셀러 《카네기 행복론(How to stop worrying and start living)》
에 이런 구절이 있다.

'53세 때 존 D. 록펠러는 피골이 상접한 미라처럼 보였다.'

막대한 재산을 벌어 놓았지만, 혹시나 잃지 않을까 밤낮으
로 불안해하다 눈썹까지도 빠지는 탈모증과 불면증, 소화 불
량에 시달렸다는 것이다. 주치의는 은퇴하든지, 죽든지 둘 중
하나를 택할 수밖에 없다고 경고하였다. 은퇴하기로 결심한
록펠러는 그때부터 자기가 아닌 남을 생각하기 시작하였다.

과연 돈이라는 것이 사람의 행복에 얼마나 도움이 되는 것일까. 그 막대한 돈을 남에게 베풀기 시작하면서 그의 인생은 급변하였다. 그가 만든 재단은 전 세계의 질병이나 무지(無知)와의 싸움에 크게 공헌하였고, 비로소 마음의 안정을 얻은 그는 97세까지 장수하였다.

록펠러와 거의 같은 연대에 활동한 철강왕 앤드루 카네기(Andrew Carnegie, 1835~1919)도 66세가 되던 1901년에 돌연 카네기 제강회사를 매각하고 경제계에서 물러났다. 그 후 카네기가 남긴 자선 단체며 대학, 연주회장 등은 아무리 세월이 가도 퇴색하지 않고 빛을 더하고 있다.

얼마 전 52세의 나이로 경영 일선에서 물러난 마이크로소프트 창업자 빌 게이츠(Bill Gates)도 본격적인 자선 활동에 나섰다. 그의 뜻에 공명(共鳴)하여 여기저기서 자산가들이 게이츠 재단에 돈을 위탁하고 있다. 그의 재력은 세계를 움직일 정도이다. 서울대학교 캠퍼스 안에 있는 '국제백신연구소(IVI)'에도 1억 달러 이상의 후원금을 보내왔다.

얼마 전 나는 삼영화학 이종환 씨가 창시한 '관정교육재단'의 기념식에 다녀왔다. 내가 이종환 씨를 처음 알게 된 것은 근 40년 전인데 그때의 사업이란 그야말로 보잘것없는 것이었다. 그랬던 삼영화학이 약 5천억 원, 미화로 5억 달러를 장학금으로 쾌척하는 힘 있는 기업으로 성장한 것이다. 이 회장이 보내온 초청장에는 이렇게 쓰여 있었다.

'돈을 버는 데는 천사처럼 못 했어도 쓰는 데는 천사처럼 쓰겠다.'

나는 짤막한 축사 한마디를 보냈다.

"돈을 벌 때의 인재보다는 돈을 쓸 때의 인재가 더 유능하고 품격이 높아야 한다."

(2008. 9)

아 름 다 운
마 지 막

　죽어 가는 순간에 사람은 어떤 말, 어떤 모습으로 죽음을
맞이하는가. 이는 누구나 듣고 싶어 하는 대목이리라. 역사도
그러한 부분에 진지하게 주목한다.

　《논어》에 이런 구절이 있다.

　"새가 죽으려 할 때 내는 소리, 그 얼마나 애처로운가. 사람
이 죽으려 할 때 남기는 말. 어쩌면 그렇게도 선한가(鳥之將死
其鳴也哀, 人之將死 其言也善)."

　육체의 죽음은 오히려 영혼의 해방을 뜻하므로 행복한 것
이라고 생각하는 경우도 드물지 않다. 부처님을 믿고 따르는

이들에게 죽음은 피안정토(彼岸淨土), 극락에서 재생하는 것이며, 예수님을 믿는 이들의 소원은 죽어서 주님 곁으로 가 영생하는 것이다.

소크라테스 최후의 모습을 본 그의 제자 파이돈은 이렇게 말했다.

"그의 태도에는 그의 말대로 행복한 모습이 역력했다. 어쩌면 그렇게도 태연하고 품격 있게 죽음을 맞이할 수 있을까."

중국의 시인 도연명(陶淵明)은 가장 인간적인 생애를 보냈다. 인생에 달관한 태도와 유머를 보여 주었다.

"남들은 그런대로 잘 살아가고 있는데, 나만 살아가는 방법이 서툴러 좀처럼 잘 풀리지 않는다. 그러나 이것도 나의 운명이리니……. 그런대로 여기 술 한 잔으로 시름을 풀어 보세……."

도연명은 자신이 걸어온 길이 남들에 비하여 서툴렀다고 자괴하는 것처럼 보이지만, 역설적으로 그가 걸어온 길이 정해였다는 것을, 천오백 년이 지난 지금까지도 보여 주고 있지 않은가.

죽음은 인생의 종착역이며, 누구도 죽음을 피해 갈 수 없다. 그렇다고 죽음이 인생이나 기쁨까지도 손상시키는 것은 아니다. 죽음을 해결하려고 하지 말고 죽음과 마주 서야 한다. 죽음을 도연명처럼 너그럽게 받아들일 때 죽음에 대한 두려움이나 불안에서 벗어나리라.

진정 나의 삶을 사랑하려거든, 삶을 즐기려거든 죽음이 삶의 일부라는 것을 잊지 말자. '자신의 죽음도, 가까운 이의 죽음도 받아들이는 것이야말로 성실한 삶의 방법이다'라고 스스로를 타이르면서 펜을 놓는다.

(2009. 4)

::
죽음은 삶을 강하게 만든다. _안젤름 그륀

마음이
편안한
한 해를!

　일할 기분이 안 생긴다. 공부하려고 해도 자꾸 집중력이 떨어진다. 좋은 기획이나 근사한 아이디어가 좀처럼 떠오르지 않는다. 기억력이 쇠퇴하는 것일까?

　이렇듯 '머리가 맑지 않은 증상'은 모두가 뇌의 기능 부전(不全) 때문이라고 한다. 뇌의 신비를 밝히려는 뇌 과학은 지금 가장 뜨거운 연구 분야 중 하나이다. 현대 과학에서 "뇌에 관하여 몇 퍼센트나 알게 되었는가?" 하고 물으면 "하나를 알게 되면 열 개의 알지 못하는 분야가 새로이 나타난다"고 한다. 가도 가도 끝이 보이지 않는 것, 그것이 뇌의 존재인 모양이다.

"날씨 좋은 날에 되도록 밖에 나가 햇볕을 쏘이면 뇌가 상쾌해집니다." 뇌 과학자들이 제일 권장하는 생활 습관이다. 뇌가 활성화하기 위해서는 끊임없이 산소가 필요하다. 걷기나 달리기, 등산, 자전거 타기 등은 뇌의 산소 순환을 좋게 한다.

산소 이외에도 뇌에 필요한 것이 있다. 그것은 물과 포도당(glucose)이다. 뇌는 80퍼센트 이상이 물로 되어 있다. 탈수 증상은 학습 능력을 많이 손상시킨다. 매일 마시는 물의 양을 증가시키는 것만으로도 어느 정도 집중력과 기억력을 좋게 한다. 또한 뇌는 에너지, 그 기력의 태반을 포도당에서 얻는다. 포도당은 혈액을 통해 운반된다. 그러므로 뇌의 정상적인 기능을 위해서는 규칙적인 식사가 중요하다. 식사를 걸렀을 때 머리가 띵하거나 무기력해지는 것은 누구나 경험하는 일이다.

모차르트(Wolfgang Amadeus Mozart, 1756~1791)의 곡은 뇌를 활성화하는 한편 긴장을 풀어 주는 비밀이 있다. '모차르트 효과'라고 하는데, 모차르트의 아름다운 멜로디로 우뇌가,

편안한 리듬으로 좌뇌가 균형 잡힌 활동을 하게 되어 지능 향상에 도움이 된다고 한다. 최근에는 이러한 효과에 주목하여 신생아가 있는 가정에 모차르트 음반을 보내는 이가 적지 않다고 한다.

나이를 먹어 가면서 사람의 이름이나 전화번호 등을 쉽게 잊어버리는 등 기억력이 떨어지는 것을 어떻게 예방할 수 있을까? 뇌 과학자들의 권고를 옮겨 본다.

식사를 할 때마다 감사하고, 가끔 잔디밭에 앉아 풀의 감촉을 느끼고, 꽃을 보며 기뻐하는 그러한 자상한 행동이 뇌파의 일종인 시타(θ)파를 이끌어 내 어린이와 같은 유연한 뇌 상태를 간직하게 하는 비결이라고 한다.

부디 나날의 생활 속에서 언제나 뇌가 살아 숨 쉬는, 마음 편안한 새해를 맞이하소서.

(2010. 1)

쓴 약이
              잘
  듣 는 다

　고대 페르시아의 황제 코스로스의 일화입니다. 황제는 한
동안 중병을 앓다가 회복되어 다시 집무실로 나왔습니다. 그
동안 병상에서 생각한 바가 있던 황제는 평소 정사(政事)를
논하던 고문관들을 불러 말했습니다.

　"나에 대한 여러분의 거짓 없는 의견을 듣고 싶소. 대가는
지불하리다."

　그러자 고문관들은 한 사람씩 나서서 갖은 미사여구로
황제에게 아첨했습니다. 그러나 오직 한 사람 엘림은 달랐
습니다.

"폐하, 저는 말하지 않겠습니다."

"이유가 무엇이오?"

"진실은 돈으로 살 수 있는 것이 아니기 때문입니다."

"좋소. 그대에겐 대가를 지불하지 않겠소. 아무튼 바른말을 해주시오."

엘림은 그제야 입을 열어 황제의 약점과 실정을 낱낱이 고했습니다. 그러고는 무사안일을 과감히 떨치고 나서서 일함으로써 백성의 신뢰를 회복할 것을 건의하였습니다.

황제는 한참 생각에 잠기더니 약속한 대로 고문관들에게 대가로 보석을 각각 지불하였습니다. 그런데 다음 날 고문관들이 황제를 찾아왔습니다. 그들 중 대표가 말하였지요.

"폐하께서 저희에게 주신 보석들은 모두가 가짜였습니다. 그 보석을 판 상인을 붙들어 교수형에 처해 주시기 바랍니다."

그러자 황제는 당연하다는 듯이 대답하였습니다.

"그대들 말도 가짜이지 않았느냐."

그리고 황제는 거짓 없이 솔직하게 충언한 엘림에게 수상직을 맡겼습니다.

참으로 어려운 때에 탄생하는 새 대통령입니다. 새 대통령은 부디 고양이 눈같이 수시로 변하는 시정(市井)의 인기에 급급하지 말고, 진짜와 가짜를 가리며 엘림과 같은 입에 쓴 약을 달게 먹을 수 있는 분이기를 바랍니다.

(1998. 1)

소 중 한
한   표 를
바 치 리 라

미국에는 대통령이 이임(離任)할 때 꼭 지켜야 하는 전통이 있다고 한다. 새로운 대통령에게 보내는 편지를 백악관 집무실 책상 위에 남겨 두는 일이다.

우리 대통령 선거가 눈앞에 다가왔다. 표를 던진다는 뜻의 투표(投票)보다는 영어로 '바친다'는 뜻의 'de-vote'를 떠올리며 진지한 자세로 선거에 임하는 것이 국민 된 도리가 아닐까.

나라가 한 길, 한 방향으로 나아갈 때는 그 기류를 타고 달리기만 하면 되지만, 오늘날처럼 변화의 속도가 빠르고 주변

정세가 심상치 않을 때는 침착하게 더 깊이, 더 멀리 바라보는 안목이 있어야 한다.

나라가 어지러워 불안할 때에는 '신의 선물'인 카리스마를 찾으려고도 하지만 그것은 위험한 일이다. 무능한 지도자의 반대말은 카리스마 있는 지도자가 아니라 유능한 정치 전문가이다.

국제적인 금융재정 모임에 나가서 전문가로 인정받을 수 있는 사람이 지금 우리나라에 얼마나 있을까. 또 국가적 위험에 처했을 때 프로답게 진두지휘할 수 있는 인물이 얼마나 있을까. 현대 리더십의 필수 조건이 앞을 내다볼 줄 아는 선견력(先見力), 정보력, 판단력, 결단력, 실행력 그리고 체력이라 하지 않던가.

인간에게는 품도(品度)라는 것이 있다. 지도자에게는 품도가 필요하다. 정치가는 대중의 고함 소리에 굴복해서도, 또 이를 무시해서도 안 된다. 정치가는 오직 지도적인 역할을 해야 한다. 국민의 눈높이에서 정치를 해야 한다는 말도 있지만, 정치의 프로가 국민과 똑같은 안목을 가진다는 것은 납득할 수 없다. 지도자는 나라 전체를 보아야 하고 국제 정세의 추이에 민감해야 한다.

우리나라가 한 단계 더 격을 높이기 위해 갖추어야 할 조건은 무엇일까. 국민의 단결력, 경제·기술 방면의 성공, 경제적 안정, 군사력, 문화 방면의 창조적 자력(磁力)이다. 자력이란 국가의 이념이 국민을 끌어당기는 매력이 얼마나 있는가 하는 것이다. 국력(國力)은 경제력과 외교력의 결합이라 하였다. 국제 풍운이 심상치 않은 때일수록 국력이 첫째 순위임은 두말할 필요가 없으리라.

선거를 치른 후 새로 선출되는 대통령과 물러나는 대통령 사이에 허물없이 진정으로 국정을 걱정하는 대화의 순간이 있기를 기대하면서, 소중한 한 표를 바치리라.

(2012. 12)

새 대통령 탄생에 부쳐

한 나라, 한 사회를 이루는 밑바탕에 국민이 존경하는 인물이 있고, 참된 원리 원칙이 있는 것. 이보다 더 존귀한 재산이 어디 있으리. 한 사람 한 사람이 위대한 인물은 못 되더라도 저마다 안정된 개성을 가지고, 따뜻한 인정 속에서 살아가는 것. 이보다 더한 바람이 어디 있으랴.

이번 선거는 우리 국민이 하나임을 다짐하는 축제였으며, 당당하게 우리 지도자를 선출해 냈음을 온 세계에 알린 자랑이기도 하다. 이제부터 할 일은 무엇이겠는가. 지도자에게 필요한 것은 지난날의 기억이 아니라 앞날의 구상이다. 지도자의 의지가 국가를 움직인다. 정치는 가능성의 예술이라 했지만, 먼저 의지가 있는 자의 예술이리라.

국가 전략을 세우는 일은 새로운 가치 창조의 힘을 연마하는 일이다. 먼저 분명한 중장기 목표를 정해야 할 것이다. 어떤 나라를 만들어 갈 것인가, 어떤 나라들과 가까워져야 하는가. 이런저런 생각에 대한 공유가 필요하다.

이번 선거에서 여야 후보가 다 같이 걱정했던 대목인 격차사회(格差社會)에 대해 더 깊이 있게 논의하고, 실현성 있는 대안을 서둘러 모색할 필요가 있다. 경제란 누군가의 이익이 커지는 만큼 다른 사람의 몫이 줄어드는 '제로섬게임(zero-sum game)'이 아니다.

부자도 빈자도 경제가 좋아지면 다 같이 기뻐할 수 있도록 공감대를 형성하는 일에 힘써야 할 것이다. 경제의 기초가 단단해지려면 작은 기업이 육성되고 벤처 기업에 대한 투자가 활발해져야 한다. 이런 것들이 경제 활동의 주력 엔진이 되어 경제 성장에 중요한 요소가 된다는 것을 학습할 필요가 있다.

'따뜻한 자본주의'라는 말이 있다. 강건한 산업 구조를 상반신으로 하고 충실한 의료, 복지, 교육을 하반신으로 하는 그런 사회를 말한다. '한국에 살면 마음이 놓인다. 훌륭한 사람은 더욱 훌륭해지고, 건강도 지켜 준다. 그래서 나도 열심히 일할 것이다.' 모든 국민이 이렇게 생각할 수 있는 나라가 곧 따뜻한 자본주의 국가이다.

힘들게, 어렵게 그러나 영광 속에서 탄생한 박근혜 정권! 부디 따뜻한 자본주의의 자랑스러운 나라로 이끌어 주기를 바란다.

(2013. 2)

I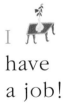
have
a job!

졸업이란 말처럼 한국 사람들에게 적지 않은 재화(災禍)가 되는 말이 없어 보인다. 졸업이라고 하면 '해야 할 일[業]을 마친다[卒]'는 뜻이 된다. 학교를 졸업하면 '공부를 끝냈다', '학교에서 배우는 것을 다 마쳤다'라고 생각하여, 졸업 후에는 책도 읽지 않고 또 깊이 있는 생각도 하지 않는다. 그저 눈앞에 닥친 일, 좋은 데 취직해서 돈벌이하는 데 급급하기 쉽다. 이런 물결에 휩쓸려 가다 보면, 5년, 10년이 지나는 동안 머리도, 마음도 거칠어져서 인생이 하잘것없이 끝나고 만다.

학교를 나온 후부터 오히려 진정한 의미의 배움을 시작해야 한다. 학교를 나와 회사에 들어간다는 것은 바로 인생의 '시작'을 의미한다. 전공이 경제학이든 철학이나 수학, 물리학이든 모든 배움이 이때부터 다시 시작된다. 새로운 입학이라고 생각해야 한다. 어디에서 무슨 일을 하게 되든, 자기가 있는 곳이 수업의 도장(道場)이며, 거기에서 발분(發憤)하여 다시 시작하는 것이다.

옛말에 '감격 없는 곳에 인생 없다'고 했다. 아무것도 하지 않고 빈들빈들 세월을 보내는 무위(無爲)는 인간의 모든 부패와 죄악의 근원이 된다. 인간 생활의 비결은 자기의 정신을 한곳에 집중하는 데 있다.

나의 은사인 장리욱 박사가 미국으로 유학 가는 제자들에게 한결같이 타이르시던 말씀이 있었다. "유학 기간 동안 될 수 있는 한 많은 아르바이트를 해봐라." 그리고 미국 사람의 자랑은 모두가 "나에게는 할 일이 있다(I have a job)"라고 말할 수 있는 것이라고도 하셨다.

일에 집중함으로써 나도 살고 일도 산다. 사람과 일이 하나가 되어 성장, 발전해 가는 나라―평범한 것 같으면서도 깊은 뜻이 있는 매력적인 말이 아닌가.

인간은 누구나 마음만 먹으면 무엇이든 자신이 할 수 있는 일감을 발견할 수 있으리라. 교문을 나서는 우리 젊은이들이 이제부터 진짜 내 인생을 시작한다고 다짐하며, 자기가 하려는 일과 일체가 되어 그 일에 미칠 수 있기를 바란다.

(2012. 9)

환 희 와
기 쁨 의
세 계 로

　새해 새 아침에는 나라마다 뉴 이어 콘서트(New Year Concert)의 막이 열립니다. 음악의 도시 비엔나에서는 비엔나 필하모닉 오케스트라가 연주하는 요한 슈트라우스의 왈츠곡으로 새해가 밝습니다. 자정에 맞추어 전 세계의 음악 애호가들이 비엔나에 모여들지요.

　베토벤 교향곡 제9번으로 새 아침을 여는 나라도 많습니다. '귀신이 연막 속에 나타나는 것 같다'는 평이 있는 제1악장이 엄숙하게 시작되고, 제2악장으로 넘어가면서 쾌속한 템포로 변하고 드디어 팀파니의 요란한 일격이 들려옵니다.

이 부분에서 흥분에 못 이겨 연주 도중에 자기도 모르게 박수를 치는 관객도 있지요.

그리고 조용한 제3악장을 거쳐 마지막 제4악장에 이르면 온 청중의 가슴에 불이 붙습니다. 그 유명한 〈환희의 송가〉의 선율이 4중창, 합창, 테너 독창, 합창의 일대 교향곡으로 대단원을 이룹니다. 폭풍과 같은 박수 소리, 고함으로 지축이 흔들릴 정도입니다.

기뻐하라, 아름다운 하느님의 불꽃이여!

낙원으로부터 온 딸들이여!

천상의 것이여, 우리는 황홀감에 취해

당신의 신전에 들어섰다

그대의 마력은 시간의 흐름이 갈라놓은 것들을

다시금 결합시키고

그대의 부드러운 날개가 머무는 곳마다

모든 인류는 형제가 된다

베토벤은 가난했으며 건강 또한 좋지 않았습니다. 고녀 그 자체였던 그가 청력을 완전히 잃고 쓴 곡이 바로 이 9번 교향곡입니다. 세상으로부터 환희와 기쁨을 거절당한 그가 스스로 기쁨을 창조해 낸 것입니다.

베토벤이 남긴 말 한 토막을 여러분에게 선사합니다.

"고뇌를 뚫고 나가라, 환희, 기쁨의 세계로."

(2002. 1)

4...

꽃을
보려거든
술을
마시려거든

꽃을 보려거든 절반 피어났을 때가 좋고,
술을 마시려거든 조금 취기가 감돌 정도에서
최고의 흥취를 맛볼 수 있다.

_ 《채근담》 중에서

가 장
행 복 한
사 람

"경찰총장이 가장 행복한 사람"이라고 한 철학자가 있었다. 그의 이름은 알랭, 프랑스 사람이다. 평생 여러 리세(lycée)에서 철학을 가르쳤으며 보기 드문 최고의 지성인이다. 그의 《행복론》은 버트런드 러셀(Bertrand Russell, 1872~1970), 카를 힐티와 더불어 세계 3대 행복론 중 하나로 꼽힌다.

알랭은 사상가, 철학자로서 어떤 계보에도 속하지 않는다. 그가 쓴 책에서는 어떤 철학자나 문학가의 글에서도 얻기 힘든 지성의 샘물이 마르지 않고 솟아오른다. 그의 글은 아름답고 힘이 있으며, 알기 쉬우면서도 인간성이 넘친다.

그는 독자에게 아첨하지도, 또 무리하게 독자를 설득하려고도 하지 않는다. 더구나 "논쟁은 질색이다"라고 말한다. 그러나 마치 옆에서 타이르듯이 조곤조곤 써 내려간 그의 글에는 귀담아들을 만한 풍성한 지혜가 담겨 있다.

알랭은 경찰총장을 가장 행복한 사람이라고 말한다. 왜냐? 한시도 쉴 새 없이 움직여야 하기 때문이다. 불이다. 물난리다. 땅이 무너진다. 사람이 깔려 죽었다. 도적이 도망치고 있다. 독거노인이 앓고 있다. 가난한 집에 먹을 것을 가져다주어야 할 때도 있다. 또 어떤 때는 싸움판에 끼어들어 화해시켜야 하고, 군중과 함께 만세 불러야 한다. 돌을 던지는 군중을 말리다가 얻어맞기도 한다.

요즘의 우리네 경찰총장은 한층 더 정신없이 바삐 뛰어야 할지 모른다. 어린이 유괴와 살인이 끊이지 않고, 협박·공갈, 사기·협잡, 불량식품 소동이 연일 매스컴을 장식하고 있다. IT 시대의 범죄는 한층 지능화되고 있다. 끊임없이 걸려오는 전화를 받다가 막 도망가는 범인을 놓치기도 한다.

생각해 보면, 경찰총장뿐 아니라 글로벌 시대의 세계 시장에서 한 푼이라도 더 벌기 위해, 한 가지라도 더 팔기 위해 애쓰는 경제 일꾼들도 마찬가지가 아닐는지. 바쁜 사람일수록 충실(忠實)하고 정력이 넘쳐흐른다. "아, 힘들어 죽겠어." 그러면서도 그 얼굴에는 행복한 웃음이 번진다. 알랭에 의하면 이렇듯 자기를 돌볼 겨를 없이 쉬지 않고 일하는 삶, 바로 여기에 행복의 정체(正體)가 있다고 한다.

행복의 비결은 이렇다. 무엇에든 미치는 것이다. 바쁜 사람일수록 건강한 것은 당연한 이치(理致)이리라. 그래서 나는 알랭의 말에 공명, 공감한다.

(2008. 5)

::

우리는 행복이란 제품을 만들 수 있는 재료와 힘을 자신 속에 지니고 있으면서도 기성품의 행복만을 찾고 있다. _알랭

꽃 을
보 려 거 든
술 을
마 시 려 거 든

책을 읽으면서 기록한 것들, 뜻깊은 잠언(箴言)이나 죽을 때까지 외워 두고 싶은 명시(名詩), 명연설문, 명문들은 언제나 내 인생의 길잡이가 되어 준다. 때로는 메말라 가는 나의 감성을 일깨워 주기도 한다.

아직 추위가 가시지 않았지만 꽃나무마다 움이 트려 한다. 화분(花粉)을 나르는 곤충들도 슬슬 움직거리는가 보다. 하루빨리 날아오르라고 DNA가 재촉하는 것일까? 화분이 이리저리로 옮겨 가면 교배의 확률도 높아지리라. 몇천, 몇만, 몇억 년간 땅속에 묻혀 있던 컴컴한 정적의 세계가 무너지고 주변이 변화하기 시작하며 생명의 봄이 다가오는 것이다.

오늘도 일과에 따라 봄기운을 마시면서 산책길에 나섰다. 집을 나설 때까지 읽고 있던 《채근담(菜根譚)》의 구절을 하나하나 되새기면서 걸어간다.

《채근담》은 중국 명나라 시대, 그러니까 지금으로부터 약 400년 전에 홍자성(洪自誠)이 쓴 책이다. '채근(菜根)'이란 채소의 뿌리, 즉 변변치 않은 음식을 말한다. 송나라의 학자 왕신민(汪信民)이 "사람이 항상 나물 뿌리를 씹을 수 있다면 세상 모든 일을 다 이룰 수 있다(人常能咬菜根卽百事可成)"고 한 데서 온 말이다.

360개의 짧은 글로 된 잠언집이지만 유교, 불교, 도교를 융합하여 그 토대 위에서 인생과 처세(處世)를 말하고 있는 데 특색이 있다.

  • 천지(天地)는 영원하지만 인생은 두 번 다시 돌아오지 않는다. 사람의 수명은 길어도 백 년이라 잠깐 사이에 지나가 버린다. 운 좋게 이 세상에 태어난 바에는 즐겁게 살

아야 할 것이며, 인생을 헛되이 보내는 것을 두려워하라.

• 인정(人情)은 변하기 쉽고, 인생살이는 결코 쉽지가 않
다. 그러므로 험난한 길목에서는 한 걸음 물러서는 법을
알아야 하고, 편하게 가는 길에서도 조금씩 양보하는 마
음씨가 필요하다.

• 권모술수(權謀術數)를 모르는 사람은 인품이 고상한 사
람이다. 그러나 알면서도 쓰지 않는 사람은 더 고상한 사람
이다.

• 작은 과실은 책망하지 말고, 감춰진 것은 파헤치지 말
고, 옛 상처는 잊어버려라.

• 더럽혀진 땅에서는 작물이 자라지만 맑은 물에서는 고
기도 살지 못한다.

《채근담》 중에서 내가 제일 좋아하는 구절이 있다.

꽃을 보려거든 절반 피어났을 때가 좋고,
술을 마시려거든 조금 취기가 감돌 정도에서
최고의 흥취를 맛볼 수 있다.

균형 감각과 중용(中庸)을 중히 여기는 태도에서 세상 이치에 통달한 달인의 소리를 듣는 것 같아 마음이 흐뭇해진다.

(2008. 4)

사 랑 하 고
떠 나 가 신
선 생 님

　금아(琴兒) 피천득(皮千得) 선생님께서 돌아가셨습니다. 향
년 97세였습니다. 나신 날이 1910년 5월 29일이었고, 돌아
가시고 장례한 날도 2007년 같은 날이었습니다. 우연이라면
우연일지 모르지만, 사람이 나고 죽는 날의 조화(造化)는 신
만의 뜻이겠습니다.

　선생님은 5월을 무척이나 찬미하셨습니다. '신록을 바라다
보면 내가 살아 있다는 사실이 참으로 즐겁다. 내 나이를 세
어 무엇하리. 나는 지금 오월 속에 있다'라고 읊으셨지요.

　선생님은 정답고 온화하시며 우아한 성품을 타고나신 분

이었습니다. 어린아이처럼 순수하셨습니다. 아름다운 풍경이나 웃는 어린이 또는 고독한 친구에게 스스럼없이 다가가는 마음씨를 갖고 계셨습니다.

선생님 주변에는 예쁘고 머리 좋은 젊은 여성들이 많았습니다. 그리고 릴케(Rainer Maria Rilke, 1875~1926)의 말로 그 이유를 보태셨습니다.

"여자는 남자보다는 훨씬 인간적이야."

선생님 서재에는 여배우 잉그리드 버그만(Ingrid Bergman, 1915~1982)의 스틸 사진 몇 장이 붙어 있었습니다. 그 귀엽고 청순한 모습을 바라보면서 겸연쩍은 말로 "남자가 여성을 의식하지 못할 때 인생은 끝이야"라고 하셨지요.

또한 황진이의 '동짓달 기나긴 밤을 한 허리를 베어 내어 춘풍(春風) 이불 밑에 서리서리 넣었다가 얼운 님 오신 날 밤이어든 굽이굽이 펴리라'를 읊으면서, 시간과 공간을 넘나들며 빼어난 시어(詩語)를 구사한 황진이 같은 시인은 어느 나라에도 없으리라 하셨습니다.

선생님은 서울 태생이어서 찾아가실 고향은 따로 없었으나 중국 도연명의 시를 소리 내어 읊으시기도 했습니다. 미국의 시인 로버트 프로스트와는 깊은 친교가 있었습니다. 프로스트가 남긴 유명한 말 '시는 기쁨으로 시작하여 예지(叡智)로 끝난다'에 대해서, "그 예지는 냉철하고 현명한 예지가 아니라 인생의 슬픈 음악을 들어온 인정 있고 이해심 많은 예지"라고 하셨습니다.

선생님의 글과 시는 바로 선생님의 인격이며 품성이었습니다. 음성은 낭랑하였고 그 속에는 언제나 유머와 위트가 있었습니다. 나는 선생님께서 만년에 쓰신 〈이 순간〉을 즐겨 소리 내어 읊곤 합니다.

오래지 않아
내 귀가 흙이 된다 하더라도
이 순간 내가
제9교향곡을 듣는다는 것은
그 얼마나 찬란한 사실인가

선생님을 여의는 영결식은 피아니스트 신수정 님의 애수가 감도는 피아노 선율에 이끌려 시종 엄숙하게 치러졌습니

다. 선생님은 "사랑하고 떠난 이로 기억되기를 바란다"라고
하셨습니다.

(2007. 7)

::

5월에 태어나 5월에 떠나고 마침내 5월이 된 금아 피천득 선생님이 세상을 떠난 지 6
년이 되었습니다. 2008년 6월 '금아 피천득 기념관'이 서울 롯데월드 내에 문을 열었
습니다. 선생님이 생전에 쓰시던 거실과 서재가 그대로 재현되어 있는 기념관에는 아
직도 선생님을 기억하는 이들의 발길이 끊이지 않고 있습니다.

세 상 에
첫 발 을 내 딛 는
젊 은 이 들 에 게

한미 FTA(free trade agreement, 자유무역협정)가 타결되고,
두 나라 의회에서 비준이 끝나면 우리나라와 미국 사이에는
물품, 정보 그리고 사람까지도 자유롭게 왕래할 수 있게 될
것이다. 두 나라이면서도 시장에서는 한 나라처럼 움직이게
될 상황을 우리나라 기업, 대학, 특히 젊은 세대들은 얼마나
실감하고 있을까. 물론 예기치 못한 일이나 알력들이 생겨날
것이지만, 피할 수 없는 세계화의 큰 물결이 아니겠는가.

이러한 시대의 움직임에 대처하여 기업도, 교육 현장도 세
계적인 시야로 굳건히 서야 할 긴박한 시점에 이르렀음을 통

감하게 된다. 이 험난한 격랑을 넘어설 수 있는 힘을 어디서 찾을 것인가. 그러한 에너지, 지혜, 근성, 정신을 가진 자들은 누구일까.

그동안 챙겨 왔던 자료를 뒤적이면서 오늘날 세계 일류기업들이 신입사원(新入社員)들에게 하는 말, 훈시(訓示)는 어떤 것인가를 살펴보았다.

• 노력하면 나쁜 상황은 오래도록 지속되지 않는다. 또한 좋은 환경도 영원히 계속되지는 않는다.

• 전문가(professional)로서 긍지를 가지고 살아가라.

• 지금 잘된다고 들떠서 상황 판단을 그르치거나 방심하면 그때부터 기업은 위태로워진다.

• 언제나 앞으로 나아가는 도전자의 자세여야 한다.

• 뒷북을 치는 평론가가 되어서는 안 된다. 게임의 훈수꾼이 되어서도 안 된다.

• 일파(一波)는 만파(萬波)의 힘이 있다. 그대는 결코 작은 톱니바퀴가 아니다.

• 단순한 기술, 지식 습득에 만족하지 않고 뜨거운 심장

과 기필코 해내고 말겠다는 강한 의지를 갖춰야 한다.

* 의견을 말하지 않는 부하는 의미가 없다.
* 승리는 전염된다. 아무리 작은 승리라도 하나하나 쌓아
가다 보면 어려운 것도 해낼 수가 있다.
* 노력은 운(運)을 지배한다.
* 남들이 싫어하는 것은 전부 내가 해낸다는 기개야말로
CEO의 필수 조건이다.

구구절절 동감하게 되는 대목들이다. 이를 통해 세계 초특
급 기업들의 내실을 엿볼 수 있다. 그들의 기업문화(企業文化)
를 실감한다. 이러한 기업문화가 강하면 강할수록 회사는 강
해지는 것이다. 사정없이 밀려오는 세계화의 물결에 과감하
게 도전해 나가는 한국 청년들의 앞날에 영광 있으라.

(2007. 8)

일 본 은
지 금 !

3월 11일 이후 세계의 관심은 일본에 집중되고 있다. 백 년에 한 번, 천 년에 한 번이라는 대지진과 쓰나미가 휘몰아친 일본은 현대 사회가 일찍이 경험하지 못한 위기를 맞이하였다. 후쿠시마 원전 사고로 방사성 물질이 바다로, 하늘로 퍼져 나가 식수 오염을 염려하는 뉴스까지 연일 들려오고 있다. 아! 이 무슨 재난이란 말인가.

먼저 이 참혹한 재해에 목숨을 잃은 분들, 사랑하는 가족을 찾으려 헤매고 있는 분들, 집을 잃고 거리에서 방황하는 분들, 제 몸조차 가눌 길 없는 노인과 어린이들을 생각하며 안타까운 마음을 전한다.

이토록 엄청난 재난은 일본을 바라보는 세계의 시선을 일변(一變)시켰다. 많은 사람들은 일본의 경험에서 하나라도 더 교훈을 얻기 위해 열을 올리고 있다.

각국의 취재진이 제일 먼저 놀란 시선으로 보았던 것은 이 엄청난 재난 속에서도 질서가 유지되고, 절도를 잃지 않았다는 점이다. 구호물자를 기다리는 줄이 아무리 길어도 새치기하는 이를 볼 수 없었고, 앞다투어 제 몫을 차지하려고 큰소리를 내는 이도 없었다. 번화가의 상점에는 손닿는 곳에 상품들이 즐비한데도 누구 하나 훔치려고 하지 않았다. 재해에 편승하여 물건 값을 올리려는 상인도 볼 수 없었다.

《정의란 무엇인가》로 전 세계 젊은 학도들에게 인기를 얻은 바 있는 하버드대의 마이클 샌델 교수는 "일본이 아니면 볼 수 없는 정황"이라고 감탄을 아끼지 않았다.

일본은 지금 엄청난 국난(國難)을 독재가 아닌 자유와 민주주의의 틀 속에서 처리하고 있다. 그야말로 일찍이 볼 수 없었던 위기관리 모습이다. 위기에 처할 때면 전체주의나 군부독재가 고개를 들던 일본이 아니었던가. 일본은 이제 성숙한 민주 정치를 보여 주고 있다. 이번의 엄청난 재해는 일본인들이 긍지와 자신감을 되새기는 기회가 될 수도 있으리라.

"국가나 문명은 전쟁이나 천재지변으로 멸망하지 않는다. 멸망하는 것은 그러한 도전(challenge)에 응전(response)하는 힘을 상실할 때이다."

아널드 J. 토인비(Arnold Joseph Toynbee, 1889~1975)의 불후의 명언을 되새기면서 일본인들의 건승을 빈다.

(2011. 5)

::

동일본 대지진이 발생하고 2년이 흘렀습니다. 그사이 일본은 급속히 우경화로 기울었고, 주변국과 끊임없이 마찰을 빚고 있습니다. 또한 원전 오염수 유출 문제를 근본적으로 해결하지 않아 동북아 지역의 환경적 위기를 확산시켰습니다. 최근 2020년 하계 올림픽 유치로 경제 부흥에 대한 기대가 높아진 만큼 이제라도 올바른 역사 인식을 바탕으로 성숙한 민주 정치의 모습을 보여 주기를 기대해 봅니다.

목적을 가지고
산다는 것

"즐거운 인생을 살아가기 위해 필요한 것은 무엇입니까?"

이 질문에 당신은 무엇이라고 답하겠습니까?

"돈만 있다면."

"좋은 회사에 들어갈 수만 있다면."

"부잣집에 장가(시집)갈 수만 있다면."

무심코 이렇게 생각하는 사람이 없지 않을 것 같습니다.
실제로 많은 이들이 물질적인 풍요가 행복으로 가는 길이라
고 생각해 왔지요.

그러나 최근의 뇌 과학 연구 결과에 따르면 '행복을 느끼

는 데 굳이 물질적으로 넉넉할 필요는 없다'고 합니다. 물질적으로 넉넉하기 때문에 행복해지는 것이 아니라, 자기 뇌가 현실을 어떻게 평가하는가에 따라 '행복의 정도'가 결정된다는 것이지요. 부유하지 않더라도, 일류 회사의 직원이 아니더라도, 애인이 돈이 없더라도 머리 씀씀이에 따라서 행복을 찾을 수 있다는 것입니다.

"나는 돈도 없고, 얼굴도 못생겼고, 머리도 나쁘지만 보다시피 재미있는 놈이요!" 하고 말할 때 그 사람을 싫어할 수 있을까요. 있는 그대로의 자신을 받아들이고 그것을 재치 있게, 유머러스하게 표현할 수 있는 사람이야말로 행복을 아는 사람이 아닐까요.

어떤 사람의 인생이든 다 나름의 의미가 있을 테지만 '인생의 의미를 찾아내어 보다 장기적인 목적을 가지고 그것을 즐기며 살아가는 사람'이 돋보입니다. 만족한 마음으로 살아가는 사람은 극히 단순한 일을 할 때도 목적의식이 분명하지요. 목적을 가지고 산다는 것, 그것은 사람마다의 에너지를 확대시키고 인생의 순간순간을 뜻있게 만들어 줍니다.

슈바이처(Albert Schweitzer, 1875~1965) 박사의 유명한 말

씀이 생각납니다.

"성공이 행복의 열쇠는 아니다. 행복이 성공의 열쇠이다. 지금 당신이 하는 일을 좋아하고 즐기노라면 성공은 절로 얻어진다(Success is not the key to happiness. Happiness is the key to success. If you love what you are doing, you will be successful)."

목적을 가지고 살아간다면, 여러분의 마음이 넉넉해질 것이고, 주변 사람들에게도 행복을 전해 줄 것입니다.

(2009. 8)

세 계 화 의
물 결 　 속 에 서

　2000년대에 들어서면서 세계화(globalization)의 물결이 온 세계를 휩쓸고 있다. 특히 비즈니스 세계에서는 글로벌의 물결이 상상 이상으로 앞질러 가고 있다.

　세계화의 본질은 무엇일까. 영어를 구사할 수 있고, 세계 대세(trend)를 파악하고 세계 표준에 맞추는 것 등이 요건이 되겠지만, 세계화의 본질은 교류(交流)가 아닐까. 서로 다른 문화나 사회와의 교류를 통해 다른 나라를 이해하고 새로운 가치를 창조해 나가는 것이 진정한 세계화이리라.

　교류하는 능력은 영어를 잘하는 것뿐 아니라 상대의 말을 앞서 읽을 수 있는 능력까지 포함한다. 상대가 말하는 의미를 어느 범위까지 상상할 수 있는가, 상대와 얼마만큼 깊이 있게 대화하고 토론할 수 있는가 하는 능력을 말한다. 즉 한마디로 한 사람의 교양을 이르는 것이다.

가장 중요한 것은 인간의 건전한 품위(品位)이다. 상대에게 어느 정도 감정 이입을 할 수 있는가, 상대방의 말의 무게를 살필 수 있는 힘을 갖추었는가가 중요한 자질이라 할 수 있다. 감정 이입을 할 수 있는 능력, 그런 사람을 키우는 것이 이제부터의 과제일 것이다.

글로벌 인재 육성에 있어 인간 능력의 소중함을 소리 높여 주장할 필요가 있다. 나라의 장래를 생각할 때 이는 국민 모두가 자기 문제로 생각해야 할 일이다.

미국의 교육은 '디베이트(debate)' 교육이라고도 한다. 이론을 구축하여 자기의 의견을 말할 수 있는 능력, 감정론에 빠지지 않는 훈련을 중히 여긴다. '액티브 러닝(active learning)'이라는 쌍방향 수업 형태로, 강의보다 질의응답 시간이 길다.

우리네 대학은 어떤가. 대학마다 교육력을 가지고 있는가. 학생이 주체적으로 배울 수 있는 장(場)이 마련되어 있는가.

행동하는 힘을 키우고 있는가. 적극성이 있어도 협조성이 모자라지는 않는가. 사회 동향에 가장 민감하게 대응해야 할 사회과학 계열이 세계화에 가장 뒤처져 있다는 말도 있다.

미국 하버드대는 '세상을 보다 좋게 만들기 위한 인재 양성'을 교육 목표로 삼고 있다. 핀란드 대학의 교육 목적은 '좋은 납세자를 만들기 위한 것'이라고 한다. 우리 대학의 교육 목적은? 목적을 분명히 하면 글로벌 인재 교육의 목적도 분명해지지 않겠는가.

세계화의 물결이 거세게 일고 있는 요즘, 우리네 대학 교육도 '인간으로서의 성장'에서 나아가 '국력 충실'에 전력을 다해야 할 때이다. 국력이란 국민 한 사람 한 사람의 인간 능력의 총화(總和)이다. 한 사람 한 사람의 힘을 높여 가는 교육, 절실한 시대적 요청이 아닐런가.

(2013. 12)

먼 저
행 동 이
있 었 다

도산 안창호 선생이 평생 기원하신 우리 민족의 모습은 '훈훈한 마음, 빙그레 웃는 모습'이었다. 최근 급속도로 발전하고 있는 뇌 과학에서도 사람이 웃는 얼굴로 있으면 뇌가 낙관적이고 진취적인 생각을 하게 된다고 밝히고 있다. 버스나 지하철 또는 엘리베이터 안에서 서로 알지 못하는 사람끼리 빙그레 웃음으로 인사를 주고받는다면 그 분위기가 얼마나 훈훈하고 밝을 것인가.

무엇이든 제일 어려운 것은 최초의 행동을 일으키는 것이다. "나는 운이 나빠서", "남다른 재간이 없어서"라고 말하는 사람일수록 행동하지 않는 사람인 경우가 많다. 그런 사람은 먼저 'Yes'라는 말부터 배워야 한다. 그래야 그의 인생이 변화의 실마리를 찾을 수 있다. "Yes, I can!" 하고 되풀이하여 자신에게 타이르면 긍정적인 생각이 생겨나고, 하려는 의지와 에너지가 달아오른다.

뇌 과학자들은 충고한다. 사람이 행동하기 위해서는, 무엇부터 시작하고 누구를 찾아서 의논하며 어떤 책을 읽어야 하는지 등등을 생각하지 말아야 한다고. 생각만으로 문제를 풀 때는 얽히고설킨 세상만사까지 고려하기가 어렵다. 행동에 돌입하면 생각하던 것보다 많은 요소가 반드시 끼어들게 마련이고, 도저히 미리 생각해 둘 수 없는 문제들, 생각만으로는 해결할 수 없는 문제들도 생겨난다.

그러므로 행동하는 데는 별 이유가 필요치 않다는 생각이다. 세상 무슨 일이든 이유가 없이 행동해선 안 된다고 생각하는 사람이 많지만, 그 이유란 것은 행동하다 보면 또는 행동을 마치고 나면 다 알게 되는 법이다.

젊은 친구들이 이런저런 일로 상담을 청할 때가 있는데, 내용을 들어 보면 대체로 판단을 망설이거나 골똘히 고민만

할 뿐 아무것도 손대지 못하고 있는 경우가 많다. 그런 경우 나는 젊은이에게 이렇게 말한다.

앉아서 걱정하지 말고 세상 속에 뛰어들어 부딪치면 거기서 얻는 것이 있으리라. 먼저 움직이는 것이 중요하다. 움직이면 인생의 폭이 넓어지는 것을 경험한다. 특히 젊은 날의 실패는 그 자체가 소중한 경험이 되리니.

"태초에 행동이 있었다"고 한 괴테의 말을 되새겨 본다.

(2009. 5)

::
중요한 것은 말하는 것이나 희망하는 것, 바라는 것이나 의도하는 것이 아니라 행동하는 것이다. 당신의 선택이 실질적으로 당신이 어떤 사람인지 확실히 말해 준다.
_브라이언 트레이시(Brian Tracy, 캐나다의 자기계발 및 동기부여 전문가)

마 음 에
불 을
질 러 라

교육 개혁을 부르짖고 있는 것은 우리나라만이 아니다. 오랜 전통과 독자적인 문화를 완고할 정도로 고수해 온 중동 지역의 여러 나라들도 "세계화에 참여하지 않으면 우리의 미래는 없다"며 교육 개혁에 대한 열의를 불태우고 있다.

다음 세대를 짊어질 젊은이에게 리더로서의 힘과 자질을 어떻게 키워 줄 것이냐는 주제로 최근 노벨상 수상자들이 토론한 것을 간추려 소개한다.

• 표면적인 지식을 암기하는 공부가 아니라 온갖 문제를

던져 주어 스스로 사고하고, 사물의 근원과 본질을 생각하는 습관을 들인다. 그런 습관은 당장에는 그 효과가 눈에 띄지 않을지 모르나 나중에 리더가 되었을 때 가장 중요한 자산이 된다.

• 자기 자신이 많은 것을 흡수해야 한다. 빙산을 예로 들면, 겉으로 보이는 부분보다는 보이지 않는 부분을 많이 가져야 한다. 즉 내면을 알차게 키워야 한다.

• 자기 개성에 맞는 꿈을 키워 가야 한다. 주변 사람과 비교하려 들 것이 아니라 남과 다른, 남보다 훨씬 뛰어난 자질을 발견하고 키워야 한다.

• 어린이가 토양에서 자라는 나무라고 하면, 가정은 어린이에게 양분을 공급하는 지하 수맥(水脈)이다. 수맥이 없어지면 나무는 죽고 만다.

• 공부 잘하는 어린이와 못하는 어린이의 차이는 자기 자신이 가지고 있는 힘, 생각하는 힘을 어떻게 끈기 있게 끌어내느냐의 차이다. 어떤 일이든 – 공부를 하든, 시험을 치르든, 운동을 하든, 장기나 바둑을 두든 – 자기가 가지고 있는 힘을 어디까지 끌어내느냐가 승부의 관건이다.

• 성공과 실패는 바로 붙어 있다. 세렌디피티(Serendipity), 즉 미처 생각하지 못했던 것을 우연히 발견하는 행운은 노력하는 자에게 주는 신의 선물이라 하였다.

평범한 교사는 그저 일방적으로 주입하려고 한다. 좋은 교사는 설명을 해준다. 훌륭한 교사는 스스로 실천해 보인다. 그리고 위대한 교사는 마음에 불을 지른다.

(2011. 1)

::

서구에선 극성스러운 교육열을 지닌 어머니를 '유대인 엄마(Jewish Mother)'라고 부른다고 합니다. 한국의 어머니도 그에 못지않은 교육열로 세계의 매스컴을 오르내리곤 하지요. 하지만 이스라엘은 노벨상 수상자를 아홉 명이나 배출한 반면, 한국은 단한 명의 수상자도 배출하지 못했습니다. 입시 교육 위주인 한국과 달리 이스라엘은 '토론'과 '질문'이 이어지는 창의 교육이 유아기부터 시작돼 고등교육까지 이어진다고 합니다. 우리나라 교육 개혁이 어디로 가야 할지 시사하는 바가 적지 않다고 하겠습니다.

행 동 하 는
책 임

　4년 전인 2009년 첫 번째 취임식 때 오바마 대통령이 손을 얹고 선서했던 성경은 19세기 링컨 대통령이 애용했던 빨간색 작은 성경책이었다. 이번 두 번째 취임식 때는 그 밑에 또 하나의 커다란 성경이 놓였으니, 20세기 공민권 운동을 이끌었던 마틴 루서 킹 목사가 쓰던 것이었다.

　링컨이 노예 해방을 선언한 지 150년, 킹 목사가 "나에게는 꿈이 있다(I have a dream)"는 명연설을 한 지 50년이 된 것을 되새기며 오바마 대통령이 강조한 것은 '지금 이 시대에 행동하는 책임'이었다.

취임식 전 축복 기도는 미국흑인지위향상협회(NAACP) 의장을 지낸 멀리 에버스–윌리엄스가, 취임식의 꽃이라고 할 수 있는 축시 낭송은 시인이면서 동성애자인 쿠바 이민자 2세 리처드 블랑코가 맡았으며, 국가는 유명 흑인 팝가수 비욘세가 불렀다. 몸속까지 추위가 스며드는 영하의 흐린 날씨에도 100만 명이 넘는 사람들이 취임식장에 운집했다고 한다.

취임식 분위기를 열광 속으로 몰아넣은 것은 미국의 다양성을 상징하는 오늘의 미국 사람들이었다. 오바마는 연설에서 "자유를 모두가 똑같은 뜻으로 정의할 필요는 없으며, 똑같은 행복의 길을 걸을 필요도 없다"고 외치며 다양한 삶의 방식을 찬양하였다.

대통령 취임 연설에서 동성애를 언급한 것은 처음 있는 일로, "동성애 형제자매들도 법 아래에서 평등한 대접을 받을 때까지 우리의 여정은 끝나지 않을 것"이라고 다짐했다.

오바마는 "한 줌밖에 안 되는 소수만 잘살고, 생활에 허덕이며 겨우 살아가는 사람들의 수가 늘어 가는 상황에서는 미국이 성공했다고 말할 수 없다"며, 연설의 마디마디 '평등

사회의 실현'을 호소했다. 특히 중요한 것은 중산층을 끌어
올리는 일이라고 말하며, 그것을 위해 행동하는 책임을 강조
했다.

그리고 전 세계와 동맹을 공고히 해나갈 것이며 "미국은
강력한 세계 동맹관계의 닻이 되겠다"고 말했다.

이 밖에도 오바마다운 면모를 여러 대목에서 보여 주었
다. 그는 첫 번째 취임 연설 때보다도 한층 더 힘 있고 분명
하게, 자기가 추구하는 미국의 모양새를 표현했다는 평가를
받았다.

오바마 대통령은 취임식장을 떠날 때, 문득 뒤돌아보면서
백만 군중이 휘두르는 성조기를 오랫동안 응시하였다고 한
다. 이 시대에 '행동하는 책임'을 되새기듯이…….

(2013. 3)

500호를
돌아보다

창간호부터 지금까지 샘터가 변함없이 지켜 온 글귀들이
있다.

평범한 사람들의 행복을 위한 교양지.

평범한 사람들을 과소평가하는 이가 없지 않다. 문화는 피
라미드와 같아서 넓고 튼튼한 지반 위에서라야 높이 설 수
있다. 믿음직한 기반이 있어야 문화가 고도로 발전하고 비범
한 인물들이 설 자리도 생기는 것이다.

샘터에서 말하는 행복이란 무엇인가. 행복하기 위해서는
첫째, 저마다 하는 일이 있어야 한다. 하는 일에 재미를 붙여

야 한다. 샘터 창간호는 '무엇에든 미쳐 보라'라는 특집으로 시작하였다. 둘째, 사랑하는 대상이 옆에 있어야 행복하다. 애인, 친구, 부모 형제, 선배, 종교 지도자 그리고 좋은 책들과 가까이할 때 행복의 감로수를 만끽할 수가 있다.

거짓 없이 인생을 걸어가려는 사람들의 마음의 벗.

거짓 없는 인생을 살려면 우선 자기 자신을 존경해야 한다. 인생은 나 자신을 믿고 소중히 여기는 데서부터 시작된다. 자신을 믿지 못하는 사람은 언제나 거짓을 행한다. 거짓말, 거짓 행동이 점령한 인생에는 파멸이 있을 뿐이다.

훈훈한 마음, 빙그레 웃는 모습.

이것은 도산 안창호 선생이 우리에게 바란 '인간상'이었다.

인생을 지혜롭게 사는 사람은 누구인가, 한 눈 뜨고 꿈꾸는 사람.

뜬 눈으로 현실(現實)을 보고, 감은 눈으로는 이상(理想)을 본다는 뜻이다. 이것은 월간 〈샘터〉 창간 때 장리욱 박사가 준 글월이었다.

또한 빼놓을 수 없는 글귀가 '동심의 세계는 모든 어른들의 마음의 고향' 그리고 '샘터가족은 하루 한 쪽 이상 책을 읽습니다'이다.

어떤 사람에게든 보다 숭고한 자기 자신을 발견하게 되는 좋은 날, 좋은 시간이 있는 법. 최대의 사건은 가장 소란스러운 시간이 아니라 가장 고요한 시간에 일어난다.

샘터가족이여! 여러분이 믿는 자기 자신의 모습 그대로 살아가시라. 자기 자신의 스승이 되고, 자기 자신을 새기는 조각가가 되시라.

(2011. 11)

자 아
실 현

요즘 흔히 쓰는 말 가운데 '자아실현(自我實現)'이라는 말이
있다. 자기가 하고 싶은 것, 하면 되리라고 생각하는 것, 남들
보다 흥미나 욕구가 많다고 생각하는 일을 찾아서 하는 것이
다. 음악이든 미술이든 스포츠나 봉사 활동이든 문학 작품의
창작이든 나름대로 자신이 하고 싶은 것을 찾아서 해보고, 그
리하여 궁극적으로는 자기가 되고 싶은 사람이 되는 것. 그것
을 '자아실현'이라고 말하는 것이리라. 그런데 인간의 욕구는
끝이 없다. 그 한없는 욕구를 어떻게 하면 실현할 수 있을까.

먼저 자기보다 나은 사람, 스승이나 선배, 그도 아니라면

역사상의 인물 중에서 우러러보고 존경하고 싶은 사람을 찾아볼 일이다. 그리고 그 사람의 어떤 점이 존경스러운지를 생각한다. 누군가를 닮고 싶다는 이상을 가지면, 그 사람의 생각이나 태도, 인격 등이 알게 모르게 전이되어 미묘하게 자신을 변화시키게 마련이다. 바로 이런 것이 인간의 성장에 한 걸음 다가가는 길이 아닐까.

본시 사람은 사람에 대하여 무한한 흥미와 관심을 갖게 되는 법이다. 그래서 사람에 대한 연구는 끝이 없다고 했다. 우리 가운데 가장 행복하고 창조적이며 건설적이고 생산적인 사람을 찾아내어 본보기로 삼고 살아간다면, 우리 사회는 많이 달라질 수 있을 것이다.

뜻있게 하루하루를 살아간다면, 남에게 폐 끼치지 않고 한 사람도 희생시키는 일 없이 최대한 인생을 즐기면서 살 수 있지 않을까. 그리고 지금 살고 있는 사람들, 우리가 사라진 뒤에 살아갈 사람들 모두를 위하여 이 지구가 보다 살기 좋은 곳이 되도록 힘쓰면서 인생을 여행하게 되지 않을까.

(2010. 8)

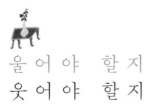

울 어 야 할 지
웃 어 야 할 지

개그맨(gagman)의 인기가 대단하다. 우리나라에서는 개그와 코미디, 개그맨과 코미디언을 구별하지 못하는 때가 많은 것 같다. 코미디언은 희극 배우를 말한다. 우리나라의 경우, 곽규석, 구봉서, 송해, 이주일 등을 꼽을 수 있다. '익살꾼'이라는 뜻의 개그맨은 영국이나 미국에서는 개그 작가를 지칭하는 말로 주로 쓰인다고 한다.

남을 웃기는 것은 그리 쉬운 일이 아니다. 아이디어의 씨가 마르다 보면, 점점 저질화하고 사람들도 식상해한다. 요즘 젊은 층에서 유행하는 개그를 보면 자칫 그 생명력이 짧아지지 않을까 걱정스러울 때도 있다.

원래 코미디의 본고장은 영국이다. BBC는 준 국영 방송이면서도 우리네 국영 방송과는 달리 영국의 정치, 경제, 사회 등 어떤 문제에 대해서든 비판적인 태도를 잃지 않는다. 또한 일반적인 평론가 식의 비판이 아니라 보다 대중적인 수준의 유머로 포장된 비판이라는 점에 그 특색이 있다. 그러므로 어떤 평론가의 변설(辨說)보다도 설득력이 있고 시청자의 공감도 크다.

어떤 회사가 있었다. 도대체 무엇을 생산하는 회사인지, 어떤 일을 하는지 알 수가 없었다. 직원이 언제나 책상 앞을 지키고 있고, 공장에서도 늘 기계 돌아가는 소리가 났지만 무엇이 만들어지는지 아무도 종잡을 수가 없었다.

어느 날 이 회사에서 대졸 신입사원을 모집하는 공고를 냈다. 놀랄 만한 수의 지원자가 몰려들었다. 면접장에서 엄숙한 어조로 그 회사의 중역이 말했다.

"자네는 시험 성적이 아주 좋구만."

"감사합니다. 그럼 합격시켜 주시는 겁니까?"

"글쎄, 우리 회사에서는 하는 일이 없거든. 그래서 이렇게 놀고 있다네."

수험생은 할 말을 잃었다.

원래 개그(gag)란 단어를 사전에서 찾아보면 그 첫째가 '말 못 하게 물리는 재갈', 두 번째가 '토론 종결' 그리고 마지막이 '즉흥적인 우스갯소리'라는 뜻이 나온다.

BBC의 이 개그는 영국 산업계의 심각한 실업 사태를 풍자한 것임은 물론이다. 개그 제작자의 수준도 대단하지만 이를 수용하는 영국 시청자의 수준도 만만치 않다. 풍자적인 유머는 그 나라 국민의 수준을 말해 주는 것이다.

(2001. 7)

어 린 이 는
어 른 의
어 버 이

　영국의 호반시인(湖畔詩人) 윌리엄 워즈워스(William Words-
worth, 1770~1850)의 시 〈무지개〉에는 이런 구절이 나온다.
'어린이는 어른의 어버이.'

　'세 살 난 어린이의 정신은 백 살까지 가고, 참새는 백 살
까지 춤을 잊지 않는다', '요람에서 배운 것이 무덤까지 간
다'는 속담 역시 유소년기 체험의 중요성을 말한 것이다.

　어릴 적 보았던 아름다운 무지개의 추억이 워즈워스에게
자연을 사랑하는 시심(詩心)을 키워 준 것처럼, 어렸을 때의
체험은 우리의 성장을 크게 좌우한다.

아이는 부모가 하는 말을 듣고 커가는 것이 아니라, 부모가 하는 행실을 흉내 내면서 자란다. 백 마디의 설교보다는 한 번의 본보기가 더 효과가 크다. 아이의 인격을 높이려거든 먼저 부모 자신의 인격을 높여야 한다고 했다.

어린이의 마음은 흐르는 강물과 같아서 이쪽저쪽으로 쉽게 방향이 달라진다. 강물의 흐름을 바로잡고자 하면 원류(源流) 부분에서 손을 써야 어렵지 않게 변화시킬 수 있다. 이는 교육의 가능성, 특히 어린이 교육의 중요성을 지적한 말이다.

어린이에게는 특유의 '보는 눈'과 사고방식, 감수성이 있다고 한 이는 장 자크 루소(Jean-Jacques Rousseau, 1712~1778)이다. 그는 도덕을 가르치려는 선생님과 어린이의 대화를 아주 재미있게 소개한 바 있다.

"그런 짓을 해선 안 돼!"

"왜요?"

"나쁜 짓이거든."

"뭐가 나쁜 건가요? 그것을 하면 어떤 나쁜 일이 생기나요?"

"벌을 받지."

"남몰래 하면은요?"

"모두가 다 보고 있거든."

"숨어서 하면은요?"

"들켜서 야단맞지."

"거짓말을 잘 하면은요?"

"거짓말하면 안 돼!"

"왜요?"

"나쁜 것이니까."

스위스의 아동심리학자 장 피아제(Jean William Fritz Piaget, 1896~1980)에 따르면 8세 미만의 어린이는 '사람을 속인다'는 의미를 모른다고 했다.

어린이의 지육(智育)은 근육 운동－감각기관 연습－지식 습득－개념 학습과 사고 훈련의 순서를 따르는 것이 옳다고 한다. 한편 감성 교육은 명료하고 굳센 지성을 키워 내는 기초가 된다.

10세에 신동(神童), 15세에 재사(才士), 20세가 지나면 보통사람이란 말도 있다. 생후 5년간의 심리적인 성장은 그

야말로 놀랄 만하다. 그 범위나 속도에 있어서도 이처럼 눈
에 띄게 변화하는 시기는 평생 두 번 다시 오지 않는다.

(2013. 5)

::

꾸지람 속에 자란 아이 비난하는 것을 배우고, 미움받으며 자란 아이 싸움질을 하게
된다. 놀림 속에서 자란 아이 수줍음을 타게 되고, 창피를 당하며 자란 아이 죄의식을
갖게 된다. 관용 속에서 자란 아이 자신감을 갖게 된다. 칭찬을 들으며 자란 아이 감사
할 줄 알게 되고, 공정한 대접 속에서 자란 아이 정의를 배우게 된다. 안정 속에서 자
란 아이 믿음을 갖게 되고, 인정받으며 자란 아이 자신을 사랑할 줄 알게 되며, 긍정과
우정 속에서 자란 아이 온 세상에 사랑이 충만함을 알게 된다.

_도로시 로 놀트(Dorothy Law Nolte)

어떤 '나'를
만 들 어
갈   것 인 가

　망망대해 같은 인생에서 선각(先覺)들이 남겨 놓은 명언은 삶의 길잡이가 된다. 가야 할 길과 가지 말아야 할 곳, 할 것과 하지 말아야 할 것, 그리고 아름다움과 누추함이 무엇인지 깨닫게 해준다.

　프랑스의 철학자 장 폴 사르트르(Jean Paul Sartre, 1905~1980)는 "인간은 자기를 만들어 가는 존재"라고 말했다. 어떤 나를 만들어 갈 것인가, 그것은 자신에게 달려 있다. 스스로가 만든 자기의 운명에 만족할 수밖에 없다.

　"무엇이 만들어질 것인가는 처음부터 결정된다." 말을 타려거든 먼저 안장이 튼튼해야 한다. 준비가 끝나면 대담하게 달려가라. 성공의 요체는 '처음'에 있다고 괴테는 말했다.

그리고 삶의 지혜가 농축된 다른 명언들도 있다.

• 가정은 도덕의 학교이다. 도덕은 학교에서 배울 것이 못 된다. 학교에서 배울 수 있는 것은 도덕에 관한 지식뿐이다. 정직, 성실, 근면, 염치가 무엇인지는 학교에서 배울 수 있으나 몸에 익히게 할 수 있는 것은 가정뿐이다.

_페스탈로치

• 친구는 제2의 자기 자신이다. 누구나 두세 명의 친한 친구가 있다. 그 친구들을 보면 그 사람을 알 수 있다. 이는 결코 우연이 아니다.　　　_아리스토텔레스

• 쓴맛을 모르는 자는 단맛도 모른다.　　　_독일의 격언

• 지난날의 나는 이미 오늘의 내가 아니다. 때가 지나면 다른 사람이 된다.　　　_파스칼

• 양지에만 있으면 그늘이 보이지 않는다.　　　_헬렌 켈러

• 슬픔은 어진 스승이다. 슬플 때일수록 생각이 많아진다. 슬픔은 당신의 영혼을 깊이 있게, 그리고 맑게 하며 당신

을 신에게 인도한다. _바이런

• 신앙은 가슴속에 숨겨 놓은 보석이다. 골방에서 홀로 기도하며 하느님을 찾을 때 인간의 육체도, 정신도 다시 태어난다. _알렉시스 칼레(노벨 의학상 수상자)

마지막으로 우리네 정치가들을 위해 한마디 덧붙이고 싶은 명언이 있다.

"아름다운 화음은 불협화음에서 만들어진다. 불협화음 속에서 조화의 가능성을 찾아내 다시 조화롭게 조직하는 것, 이런 천분(天分)을 가진 자만이 새로운 사회를 만들어 낼 수 있다."

이는 기원전 500년경 그리스의 철학자 헤라클레이토스가 남긴 말이다.

(2012. 7)

앞 으 로 40년,
2050년 의
세 계 는

　영국의 경제 주간지 〈이코노미스트(The economist)〉는 그
저 뉴스만 보도하는 것이 아니라 그 배후의 의미와 장래에
미치는 영향 등을 해설하고 깊은 통찰력으로 트렌드를 짚어
내는 특집 기사로 유명하다.

　인터넷 전성시대에 다른 종이 매체들이 고전하는 것과
달리, 〈이코노미스트〉는 2000년 100만 부였던 발행부수가
2012년에는 160만 부까지 증가하였으며 200개 이상의 나
라에서 읽히고 있다고 한다. 그런데 최근 〈이코노미스트〉가
앞으로 40년, 즉 2050년의 세계를 대담하게 예측하는 기사

를 실었다. 그중에서 특히 눈에 띄는 대목을 추려 보았다.

• 고령화가 세계적인 추세로 자리 잡아 2050년에는 평
균 연령이 미국인은 40세, 일본인은 52.7세가 된다. 중국
은 2025년부터 인구 감소가 시작되어 경제 성장이 멈추
고 인도에 역전당한다.
• 일본은 풍요의 지표인 GDP가 한국의 약 절반이 된다.
• 국민 경제, 국민 국가는 국민 그 자체가 뿌리부터 흔들
린다.
• 가난한 나라에서는 빈곤층이 중산층으로 성장하지만,
풍요한 나라에서는 중산층이 힘없이 주저앉는다. 이에 따
라 국가 간의 격차는 좁아지지만 국내의 빈부격차는 확
대된다.
• 중국은 그동안 개혁개방으로 빈곤층을 역사상 최대 규
모의 중산층으로 올려놓았지만 동시에 스스로를 세계 굴
지의 빈부격차 사회로 변질시키고 있다.
• 강권 통치, 독재 체제의 나라에서는 민주주의가 전진하
지만, 지금의 민주 국가에서는 후퇴하는 경향을 보일 것이

다. 돈과 얽힌 정치와 정치 지도력의 저질화가 민주주의를 훼손한다.

◦ 이제부터 '국가의 흥망'은 중산층을 얼마나 잘 키우느냐, 젊은 층의 근로 의욕과 사회·정치 참여를 어떻게 이끌어 내느냐, 그리고 고령자를 어떻게 지탱하느냐에 달려 있다.

◦ 끝으로 슘페터적인 '기업가 정신'이 필요하다. 글로벌화로 인해 '창조적 파괴'가 온 세계로 퍼져 나간다. 그 노도(怒濤)의 소용돌이를 헤쳐 나가기 위해서는 혁신이 필요하고, 세계화에 걸맞은 언어구사 능력이 중요하다. 영어를 쓰는 인간만이 글로벌 무대에 올라설 수가 있다.

한국의 젊은이들이여, 물거품에 눈을 팔지 말고 바닷속 깊은 곳 물의 흐름을 보면서 열심히 살아가자.

(2013. 8)

연보

1926년 11월 30일 출생

1944년 평양공립상업학교 졸업

1945년 경성경제전문학교(서울대 상과대학의 전신) 입학

1951년 서울대학교 총학생회장

　　　　　전시연합대학 총학생회장

　　　　　국제연합(UN) 세계학생대회에 한국 대표로 참가

　　　　　서울대학교 상과대학 경제학부 졸업

1952년 부산 정치파동 호헌구국 투쟁으로 3개월간 옥고를 치름

1953년 국제문제연구소 총무(~1958년)

1958년 월간 〈새벽〉 주간(~1960년)

1960년 제5대 민의원(~1961년)

　　　　　제15차 UN총회에 한국 대표로 참가

1961년 제10대 외무부 정무차관

　　　　　제11대 재무부 정무차관

　　　　　5·16쿠데타 반대로 1년간 투옥

1963년 제6대 국회의원

1965년 국제기능올림픽 한국위원회 초대회장(~1973년)

1967년 제7대 국회의원

1970년 월간 〈샘터〉 창간, 사단법인 샘터 이사장 겸 발행인 (~1988년)

1971년 제8대 국회의원

1973년 제9대 국회의원, 유정(維政)으로 임기 중 한 번도 국회 출석하지 않음

1976년 월간 〈엄마랑 아기랑〉 창간

1984년 '샘터파랑새극장' 개관

1985년 성서연구회 회장(~1993년)

1986년 도산 안창호선생기념사업회 고문(~1993년)

1988년 제13대 국회의원

　　　　　제13대 국회의장(~1990년)

1992년 제14대 국회의원(~1993년)

1993년 3월 '토사구팽(兎死狗烹)'이라는 말을 남기고 정계 은퇴

1994년 서울대학교 총동창회 제15, 16, 17, 18대 회장(~2002년)

1997년 대통령 통일고문회의 의장

1998년 국제백신연구소 한국후원회 회장

2002년 서울대학교 총동창회 명예회장(現)

2003년 주식회사 샘터 고문(現)

수상

1988년 콜롬비아 상하원 적십자대훈장

1989년 페루 드레레이아스 공로훈장

1990년 태국 최고백상대훈장

1991년 대한민국 무궁화대훈장

저서

1990년 〈한 눈 뜨고 꿈꾸는 사람〉, 샘터

1991년 〈새 지평선에 서서〉, 샘터

1992년 〈걸어가며 생각하고 생각하며 걸어간다〉, 샘터

2002년 〈김재순 회장 연설문집〉, 서울대학교 출판부

2006년 〈그다음은, 네 멋대로 살아가라〉, 샘터

1 평생의 스승 장리욱 박사와 함께 도산 안창호 동상 앞에서. '한 눈 뜨고 꿈꾸는 사람'은 장리욱 박사가 〈샘터〉 창간 때 준 글월이다.

2 정채봉 동화작가는 1979년 입사해 2001년 세상을 떠날 때까지 샘터에서 일한 샘터가족이었다.

3 화가 방혜자와 함께. 그를 비롯해 장욱진, 장우성, 천경자 등 한국 미술계에 큰 발자취를 남긴 대가들이 표지화를 그려 〈샘터〉는 '작은 미술관'이라는 수식어를 얻기도 했다.

4 2003년 4월 월간 〈샘터〉 창간 33주년, 지령 400호 기념 대담 후 포즈를 취했다. 왼쪽부터 법정 스님, 수필가 피천득, 저자, 소설가 최인호.

천천히 서둘러라

1판 1쇄 발행 2013년 11월 25일
1판 2쇄 발행 2013년 12월 10일

지은이 김재순
그린이 최승미
펴낸이 김성구

단행본2팀 이미현 김아람
디자인 여종욱 문인순
제 작 신태섭
책임 마케팅 손기주
마케팅 최윤호 송영호 김정원 차안나
관 리 김현영

펴낸곳 (주)샘터사
등 록 2001년 10월 15일 제1-2923호
주 소 서울시 종로구 동숭동 1-115 (110-809)
전 화 02-763-8965(단행본팀) 02-763-8966(영업마케팅부)
팩 스 02-3672-1873 **이메일** book@isamtoh.com **홈페이지** www.isamtoh.com

ISBN 978-89-464-1855-4 03810

이 도서의 국립중앙도서관 출판시도서목록(CIP)은 e-CIP 홈페이지
(http://www.nl.go.kr/cip.php)에서 이용하실 수 있습니다. (CIP제어번호: CIP2013021448)

값은 뒤표지에 있습니다.
잘못 만들어진 책은 구입처에서 교환해 드립니다.